張馬丁的第八天

李銳——著

一個人的「創世紀」——《張馬丁的第八天》

王德威

你們的世界留在七天之內，
我的世界是從第八天開始的。

天主教曾在唐代、元代傳入中國，明末再次捲土重來，吸引官紳如徐光啟等入教，影響遍及華北各地。以山西為例，一六二〇年，意大利耶穌會教士艾儒略（Giulio Aleni, 1582-1649）到絳州傳教，天主教由此傳入山西。到了一九〇〇年，天主教勢力已經遍及山西各州縣，教徒多達五萬七千人。[1]

天主教和其他西方教派在河北、山西聲勢浩大，相對也引起激烈反彈。一九〇〇年義和團事件爆發，最有力的鼓吹者之一正是山西巡撫毓賢（一八四二—一九〇一）。隨之發生的「山西教案」，有將近兩百位傳教士、六千多信徒被殺，毀壞教堂、醫院、民宅不計其數，

1　王守恩，劉安榮，〈17—19世紀西教在山西的傳播〉，《晉陽學刊》三（二〇〇三）：五〇—五四。

情況之慘烈震驚中外。2

李銳最新小說《張馬丁的第八天》就是以這段歷史為背景。故事始於義和團事件的前一年。河北天母河地區天石鎮聖方各教會年輕的執事喬萬尼．馬丁——中文名叫張馬丁——被娘娘廟迎神會會首張天賜打死，引起政教糾紛。在萊高維諾主教強烈抗議下，知縣孫孚宸迅速將張天賜緝捕到案，斬首示眾。行刑前夕，張妻張王氏為了替丈夫傳種接代，潛入死牢，企圖受孕。但他們所不知道的是，張馬丁並沒有死；他在入殮前又活了過來……。

1.

李銳是當代中國文學界最受尊重的作家之一。他的作品量少質精，總以無比嚴謹的姿態逼視中國現代經驗種種荒涼和荒謬的層面；同時他又不斷反省作為一種銘刻中國現代經驗的工具，「小說」多變的歷史和倫理定位。李銳的筆下天地不仁，人之為人的嚮往和抗爭顯得何其卑微虛妄。然而作為作家，李銳又以自己苦澀的堅持，數十年如一日，見證了嚮往之必要、抗爭之必要。

早期李銳以他曾經插隊的呂梁山區作為背景，寫盡農民的蒙昧和苦難，以及他們與外在世界遭遇後所發生的悲喜劇，像《無風之樹》、《萬里無雲》等。他也曾經以家族經歷為素材，反思國共鬥爭下倫理、社會關係的大潰散，像《舊址》。[3]李銳又有《銀城故事》述說辛亥革命前夕波譎雲詭的政治角力，陰錯陽差的後果。[4]合而觀之，我們已經隱約看出李銳有意藉小說鋪陳他自己的現代史觀。從文化大革命到共產革命，再到辛亥革命，他一步步「退向」中國現代性的開端。他檢視宏大敘事中的因緣起滅，勾勒英雄年代中的蒼莽悲涼；或用魯迅的話說，「於天上看見深淵，於一切眼中看見無所有。」（〈墓碣文〉）

寫《張馬丁的第八天》的李銳更將焦點指向一九〇〇年的義和團事件——近代中國面向世界最狂亂、也最屈辱的一刻。對李銳而言，由此而生的巨大創傷正是中國現代經驗的起源；不直面這一創傷，我們就無從思考百年來從救亡到啟蒙的意義。

但如何敘述這一個世紀以前的事件不是件容易的事，因為歷來已經有太多約定俗成的說法。李銳選擇以華北各地教案為主軸，展開他的探索。《張馬丁》的故事基本分為兩綫進行。聖方各教會的萊高維諾主教在地方傳教盡心竭力；他從意大利帶回來年輕的喬萬尼，視為衣缽傳人；他也同時帶回自己的棺材，準備埋骨異鄉。與此同時，祭祀女媧的娘娘廟香火

2 〈血腥屠殺——山西教案始末〉http://hi.baidu.com/skk211/blog/item/8399f7137f91b70c213f2eae.html。

3 關於以上三作討論，見〈呂梁山色有無間：李銳的小說〉，《跨世紀風華：當代小說二十家》（台北：麥田出版，二〇〇二），二五五—三九。

4 見我的討論，〈歷史的憂鬱，小說的內爆〉，《後遺民寫作》（台北：麥田出版，二〇〇七），三〇五—一〇。

依然鼎盛，古老的助孕求子儀式深入民心。這成為萊高維諾主教最大心病。雙方的嫌隙因為官府的媚外政策日益加深，終因張馬丁被打死而爆發出來。

乍看之下，這樣的情節依循了我們熟悉的二分法：歐洲宗教與地方文化、啟悟與迷信此消彼長，而背後則是西方帝國勢力、中國民間文化、和清朝政府間的複雜互動。但李銳的用心當然有過於此。他的問題包括了：西洋教會能在中國內地掀起狂熱，與其說是帝國勢力的蔓延，是否也點出十九世紀以來中國社會「情感結構」發生空前斷裂，以致讓新的信仰乘虛而入？太平天國之亂已經可見端倪。而所謂信仰是親愛精誠的奉獻，還是身不由己的耽溺？信仰帶來的是虔誠與救贖，或竟是傲慢與偏見？

這些問題構成小說的底綫。李銳更要觀察的是作為血肉之軀的人——不論是領享聖寵的傳教士還是質樸固陋的匹夫匹婦——如何在這場中西文化、信仰體系的碰撞下，重新定義自身的位置。他從而發現在神恩與背棄、文明與原始間的距離何其模糊；超越與墮落可能僅止一線之隔。如果現代性的症侯之一在於麥克思．韋伯（Max Weber）所稱的「祛魅」（disenchantment）與否，那麼李銳筆下個人與信仰之間的關係就顯得更為複雜。[5]

李銳將他的重心放在兩個角色上。喬萬尼．馬丁來到中國，取了個不中不洋的名字張馬丁，已經暗示了他身份游移的開始。張馬丁受到萊高維諾主教感召，誓以生命侍奉神恩；他被張天賜意外打死，算得上捨生取義。另一方面張天賜殺人償命，似乎也罪有應得。然而死後三天，張馬丁卻又幽幽的活了過來。張馬丁如何「復活」？這裡賣個關子。要緊的是，原本可以大書特書的神蹟似乎來得不是時候。「時間」和「時機」進入了神的世界，讓歷史的意義變得空前緊張。萊高維諾主教決定將錯就錯，遂行借刀殺人之計。當神的意旨和馬基維利式的機關計算（Machiavellian *deus ex machina*）混為一談，張馬丁何去何從？

與張馬丁相對的是張天賜的妻子張王氏。面對丈夫行將就戮的事實，這個女人唯一能做的是為張家傳下男丁，於是有了獄中祕密交合的一幕。或有讀者會認為如此安排過於離奇，但這還是李銳的伏筆。張王氏也許粗俗無文，但她的舉動自有一套宗法信念和知識體系支撐。為了完成傳宗接代的使命，地方婦女之間早已流傳一本祕笈《十八春》，傳授必要的性技巧；而娘娘廟之所以千百年屹立不搖，也和這最古老的生殖崇拜息息相關。然而張天賜死前畢竟沒能夠留下種，張王氏一無所有，她又何去何從？

李銳的故事這才真正開始。復活了的張馬丁和萊高維諾主教相持不下，終於退出——或被逐出——教會；失去丈夫和子嗣希望的張王氏由悲傷轉為癡狂，開始四下遊蕩。他們各自被拋擲到生命的最孤絕的情境，退此一步，再無死所。李銳要著墨的是，失去了宗教和倫理

---

5 Max Weber, *The Protestant Ethic and The Spirit of Capitalism*, trans. Peter Baehr and Gordon C. Wells（New York: Penguin Books, 2002）；對「驅魅」的討論，見 Malcolm H. Mackinnon, "Max Weber's Disenchantment Lineages of Kant and Channing," in *Journal of Classical Sociology*, 1, 3（2001）：329-351。

機構的庇護以後，這兩個人並沒有失去信仰。然而信仰一定帶來救贖麼？或，救贖的代價和意義是什麼？

我們於是來到小說的高潮。風雪夜裡，一個被逐出教會、瀕臨死亡的意大利傳教士，和一個求子成瘋的中國寡婦在娘娘廟口相遇了。這一夜，在異教的殿堂裡，已經奄奄一息的張馬丁墮入了肉身的淵藪……。到底發生了什麼，怎麼發生的？不可說，不可說。可以說的是，由此李銳寫出了當代小說中最為驚心動魄的一幕。在腐爛腥臭的血水中，一齣齣蝕骨銷魂的祕戲兀自上演了。作為讀者，我們不能確定張馬丁是捨身成道，還是任人擺佈，讓自己萬劫不復；我們也不能確定張王氏是超越了悲傷的極限，還是走火入魔。

張馬丁終於死了。就在我們以為故事到此為止的時候，更不堪的發展接踵而來，包括了屠殺和毀滅，也包括了一連串金髮碧眼的嬰兒的出生。不該復活的復活了，不該投胎的投胎了，李銳幾乎是以最冷酷的方式將他人物的命運推向極致。他眼睜睜「看著」一九〇〇那年，在中國，在北方，一群華洋善男和信女如何奉天主、奉娘娘之名，陷落在死去又活來的宗教輪迴——和生殖循環——的詭圈裡。沒有天啟的契機，沒有轉圜的餘地，李銳的人物孤單的面對不可知的未來——就像張王氏最後漂流河上，不知所終。諸神退位，天地玄黃，新世紀帶來大恐懼，也帶來大悲愴。就這樣，李銳以他自己的方式，寫下了中國「現代」如何誕生的故事。

2.

李銳的小說創作結構工整，意味深沉，從早期《無風之樹》到《張馬丁的第八天》都可以看出這一特色。相對一般大陸小說長江大河、泥沙俱下的敘事方式，自然代表不同的美學訴求與創作信念。也正由於他森嚴如古典劇場的形式，還有藉小說明志的傾向，我們不能將他的敘事局限在寫實主義的層次，而必須正視它的寓言意涵。

但在最近有關《張馬丁的第八天》的對談裡，李銳卻明白表示他不能苟同將他的作品作為「國族寓言」來閱讀。[6]「國族寓言」原由美國學者傑姆遜（Fredric Jameson）提出，意指與第一世界小說五花八門的實驗相比，第三世界小說恆常反映歷史的不平等處境，也寄託文學介入政治的可能。[7]這樣的觀察明褒實貶，充滿一個第一世界的學者以偏概全的姿態，卻讓不少第三世界的學者如獲神旨而趨之若鶩。李銳的論點很清楚：「國族寓言」一方面遮蔽了第三世界個別作家在不同時空中反思、想像歷史殊相的能量，一方面切割了第三世界文

6 傅小平、李銳，〈當耶穌和菩薩來到人間——關於李銳長篇新作《張馬丁的第八天》的對談〉，〔左岸文化網〕http://www.eduww.com/Article/201108/30565.html。

學進入更廣闊的世界(文學)歷史脈絡的機會——更遑論歷史本身不斷變動,總難以被寓言化的現實。

而李銳最好的反駁仍然來自他作品本身。我在他處已經詮釋過李銳小說的複雜性,不應鎖定為單純的「國族」寓言;而他敘事結構的技巧性更在形式上拒絕被簡化為任何一種創作教條或意識形態。因此談論李銳小說的寓言性,我們必須同時顧及他的反寓言性:拒絕對號入座的寓言,創造並拆解寓言的寓言。

回到《張馬丁的第八天》。李銳並列天主教的神子復活的神話和中國傳統轉世投胎的神話,我以為目的不在諷刺,而在探討特定歷史情境裡,這些神話如何經過一代人的中介,相與為用的後果。神與人之間,人與人之間的糾葛哪裡能輕易釐清。李銳稱小說中主要的兩個人物張馬丁和張王氏彷彿是「耶穌和菩薩來到人間」。在我看來,與其說是這兩個人物顯現了什麼神性,不如說他們體現了神性的匱乏。然而正是在一個沒有神蹟的世界裡,李銳反而暗示了信仰和愛驚人的魅力。

張馬丁因為「復活」造成血腥鬧劇,由此陷入更殘酷的試煉;張王氏的受孕並不指向任何救贖,反而帶來恐怖的下場。當這兩個人物的苦難逼近荒謬邊緣,他們觸及信仰最深不可測的底綫,底綫的另一面是欲仙欲死的衝動。張馬丁臨終前為自己寫下墓誌銘:

「你們的世界留在七天之內，我的世界是從第八天開始的。」

垂死的修士回顧他所來之路，他所歷經的折磨考驗，作出了奇妙的證詞。在這裡，絕望還是希望，僭越還是信仰，「依自」還是「依祂」，成為永遠辯證的謎團。

張馬丁的一生讓我想起朱西甯（一九二七－一九九八）小說《旱魃》（一九七〇）。在那個故事裡，原本作惡多端的唐重生皈依基督教獲得重生，卻又不得其時而死，以致引起村人懷疑他已經化為厲鬼，繼續危害地方。只有在開棺曝屍以後，死去的唐重生以枯骨惡臭證明光天化日下——沒有鬼，也沒有神。但也只有在沒有神蹟的前提下，唐才以最謙卑的形式完成他生前的懺悔，他的重生。[8]

《張馬丁的第八天》思考宗教和現代性的兩難之餘，也寫出一則政治寓言。李銳筆下的天主教普渡眾生，卻也是個階級森嚴的統治機器。萊高維諾主教犧牲一切佈施福音，甚至以

---

7 Fredric Jameson, "Third World Literature in the Era of Multinational Capitalism," *Social Text*, 15（1986）: 65-87。不同的批判聲音可見 Aijaz Ahmad, "Jameson's Rhetoric of Otherness and the 'National Allegory'," *Social Text*,17（1987）: 3-25.

8 王德威，〈畫夢記：朱西甯的小說藝術與歷史意識〉，《後遺民寫作》，九六－九七。

性命相許，犧牲不可謂不大。但面對傳教種種阻力，他顯現另一種野心。為了侍奉他唯一的神，他不能容許異教雜音；為了成全無上的大我，他否定任何小我。張馬丁的「復活」成為大考驗；萊高維諾主教決定順勢操作，因為著眼更崇高的慈悲。相對於此，張馬丁為了最根本的誠信，決定攤開真相。

這師徒兩造各有堅持的理由，在非常時刻裡，他們竟以互相棄絕對方以確保自己的正當性。這裡的焦點是張馬丁到底是被教會驅逐，還是志願離開教會？對萊高維諾主教而言，不驅逐張馬丁無以保障教會的秩序與權威；對張馬丁而言，不離開教會無以保持自身的道德與清醒。兩者都以信仰的純粹性作為終極目標，結論何其不同。拉鋸到最後，張馬丁畢竟是犧牲了。他被剝奪傳教士的身份，無親無靠，成為在異鄉荒野裡的流浪漢。

近年學界又興起研究生命／政治（biopolitics）的熱潮。意大利的阿甘本（Giorgio Agamben）指出「體制內的包括在外」（exclusive inclusion）——像是集中營的設置——成為一個政權維穩的必要措施。而如何認證、處置該被放逐的份子，正是統治者伸張權威的手段。[9]被放逐者不生不死的處境必須被當作是威權者策劃的一部分，而未必僅是自居異端。有心探討這一理論的學者不必捨近求遠，看看張馬丁被逐的一幕要讓我們發出會心微笑了：回顧現代中國社會起伏，像張馬丁的例子還少麼？

值得注意的是，就此李銳敷衍了另一則寓言，一則有關創作，尤其是小說——虛構——

創作，為何物的寓言。「張馬丁們」如何在被放逐以後，堅此百忍，持續自己的信念？或是在玉石俱焚的義和團事件以後，倖存者如張王氏要如何活下去？李銳關心的已經不止是信仰不信仰的問題，而是倖存者面對信仰乃至生存意義喪失時，能否做出見證的問題。[9]

這正是李銳認為小說創作得以介入的關鍵。他讓他的人物遭受痛苦，讓他們經歷種種巧合，卻不施與簡單的救贖承諾，或道德教訓，或「國族」寓言。他彷彿要說當張馬丁失去與宗教權威對話的權利，或張王氏陷在歇斯底里的幻想時，他們各自體現了見證的弔詭：苦難未必讓他們直面真相或真理，只演繹真相和真理的難以捉摸。宗教願景和意識形態不能企及之處，由小說補足。以所謂的現實主義法則來要求李銳的作品是買櫝還珠之舉。因為他恰恰要寫出小說以虛構方式打入生命的死角，信仰的黑洞；他凸顯種種偶然和必然的際遇，縱橫交錯，無止無盡。

再回到張馬丁的墓誌銘：

「你們的世界留在七天之內，我的世界是從第八天開始的。」

9　Giorgio Agamben, *Homo Sacer: Sovereign Power and Bare Life*, trans. Daniel Heller-Roazen（Stanford: Stanford University Press）；台灣學界的反應可見*Concentric: Literary and Cultural Studies* 37, 1 (2011) 專刊。

當世界被安頓在主流的——神的，權威的，主義的——話語裡，小說家在主流之外，以他自己的聲音喃喃自語，並且激發出不請自來的喧嘩。小說創造了另一個世界。這個世界未必比已存在的世界更好，卻指向另闢蹊徑的可能。再用魯迅的話來說，它讓我們從「無所希望中得救」（〈墓碣文〉）。

如果《張馬丁的第八天》有寓言意向，這大約是李銳最後用心所在了。談「國族」，太沉重，李銳追求的是任何人自己成全自己的可能性。小說家就像殉道者，為（自己的）信仰鞠躬盡瘁；小說家也像造物者，無中生有，起死回生。藉著《張馬丁的第八天》，李銳寫下「一個」人——也是一個「人」——的創世紀。

王德威，美國哈佛大學Edward C. Henderson講座教授。

目次

打花巴掌拍，上高山，
想要騎馬沒有鞍。
打花巴掌拍，過大河，
想要上橋沒有轍。
打花巴掌拍，夜裡黑，
想要點燈風來吹。
打花巴掌拍，月亮白，
出門兒想起回家來。

——北方童謠

第一章　天母河

一

他沒想到冰封的河道會這麼寬，寬得好像永遠沒有盡頭。

透骨的北風把冬天的荒原撕扯得遍地哀號。細碎的沙石像針尖一樣摔在漸漸麻木的臉上。風太大，如果不把腰彎下來人就根本站不住。為了擋住狂風，他把掛在肩膀上的行李卷轉到胸前死死抱住，就像一個行將溺水的人死死抓住身邊漂浮的木頭。他有些後悔起來，後悔自己不該那麼輕易地就從那間馬廄裡走出來。現在想想，那間充滿了馬臊味兒的馬廄簡直就像天堂一樣溫暖，馬兒們簇擁在一起，從容不迫地換腿，從容不迫地打著響鼻，在一派酣暢香甜的咀嚼聲中，充滿了馬臊味兒的暖氣就從牠們身體之間瀰漫出來。馬的主人答應他在馬廄裡的土炕上住一夜，半夜裡，主人提著一盞本地罕見的洋馬燈進來添過一次草料，借著馬燈的亮光，朝土炕上的他冷冷地掃了一眼說：

「這身棉衣、棉鞋有點大，就湊合穿吧，炕上的被子褥子就給你了，趕明兒個就都帶了走吧，打行李的繩子呢我給你掛在馬槽上了，可有一樣，你可不能說出去，不能說是從我這兒拿的，更不能叫高主教知道了。」

坐在炕頭的黑影裡，他用力地點點頭。他明白自己的處境。在把僅有的一件襯衣、一副手套、兩雙棉襪拿去換了食物之後，他又被幾個地痞洗劫一空。過冬的棉被被搶了，裹在棉被裡的《聖經》和十字架被搶了，洗臉用的毛巾、刮鬍子的剃刀被搶了，唯一可以稱作裝飾品的那只銅雕燭臺也被搶了。這只銅燭臺，是他和家鄉唯一的聯繫，遠在義大利北方那個叫瓦拉洛的小城，現在已經遙遠得像天上的星星。自己在那座小城住了很多年，從孤兒院到修道院一直都在瓦拉洛。五年前，萊高維諾神父帶自己來中國的時候，指著《聖經》抄寫桌上的銅燭臺說，喬萬尼，你可以帶上它留個紀念。從此，瓦拉洛就變成了銅燭臺。孤獨難熬的時候，朝它看看，就能在烏亮的銅燈柱上看見瓦拉洛街頭煤油燈幽暗的閃光，就能在裊裊的蠟燭煙裡聞到從阿爾卑斯山上颳來的清香的山風，就能聽見漫山遍野沒頂而來的林濤聲。地痞們嘻皮笑臉地搶走了一切，他跪在地上乞求他們把《聖經》和十字架還給自己，地痞們嘲笑他，真他媽是個死心眼兒的洋鬼子，你那個「主」要是真管用他咋兒不來救你呢？他咋兒能叫你滿大街的要飯呢？反正這本經、這個木頭架兒也不能頂飯吃，趕明兒個等你餓死了你就用不上這些東西了。臨走前他們嘻嘻哈哈地笑著，拽走他腳上的棉鞋，扒下他身上的棉衣棉褲。一面撕扯衣服，一面又嘲笑他，唉，真是忒可憐呀你，你的那個天主他咋兒就不來救救你呢？最後，為了挖苦他，地痞們只把燭臺上殘留的半截蠟燭拔下來扔在地上，行啦，我們呢也別都拿走，也別忒狠嘍，就把這個留著給你和你的天主照亮兒使吧！寒風裡只穿著襯衣的他，立刻抖得像一張被風撕破的窗紙。那一刻他忽然想到：這樣被人剝光衣服裸露在寒風裡的感覺，和拋棄一切離開教門來到異教徒當中的感受很像是一件事情。如果不是馬的主人正好路過把自己接到家裡來，恐怕自己現在早已經凍死在街頭上了。五年多來，他跟著萊高維諾主教學說中國的官話，學說本地人的方言，學寫那些無比複雜的漢字，一心想做一個像老師一樣的傳教士，一心想做一個像老師一樣的獻身者。可是現在，他已經不是教堂執事，甚至連教徒也不是。萊高維諾主教召集了教區裡所有的神父，宣布他已經自動脫離方濟各會。不錯，是自動的，是自己要離開的，現在所遭遇的一切，都是他自己選擇的。他現在什麼都不是，他已經一無所有的做了七天真正的乞丐，在這個陌生遙遠的國家，在這些不信主的陌生的異教徒當中，除了乞討，他已經沒有別的活路。走到大門外面的時候，面對洶湧的人群，他忽然想起了大海，想起了來中國的遙遙旅途上茫茫無際、剝奪一切的大海。隔著教堂的大門他還是隱約聽見了萊高維諾主教的那句話，「我們方濟各會的傳統本來就是四處流浪、乞討為生的……」如果是在家鄉，如果是在瓦拉洛，只要自己站在街頭一語不發，就會有人知道自己是一個四處流浪為了主而乞討的修士。可是在這裡，在天母河的平原上，自己永遠都是一個金髮碧眼的洋鬼子。今天晚上之所以受到這樣的厚待，是因為他和馬的主人相互認識，這位東關大車店的佟掌櫃教名叫伯多祿（彼得），是天石鎮最慷慨善良的教友，也是教堂唱詩班裡最好的男中音，他們曾經在天石鎮天主堂的彌撒儀式上見過很多次。他心裡清楚，如果不是因為這個原因，佟掌櫃是不會允許自己留宿的。他更清楚也是因為這個原因，儘管答應自己住下，也給自己送來了熱騰騰的飯菜和厚厚的棉衣、被褥，可是佟掌櫃盡量不多說話，對自己充滿了戒備和恐懼。主人這樣戰戰兢兢的接待讓他滿心羞愧。他明白自己給別人帶來了多麼大的麻煩。他在心裡不停地責備自己：一個乞丐是最沒有資格羞愧的，除了食物之外一個乞丐不再需要任何東西，為了飢餓，連異教徒的施捨我也接受過了，我早已經沒有一絲廉恥可言。可不知為什麼，睡在無知單純的馬兒中間，聽見牠們毫無戒備地倒換馬蹄，舒展自在地噴著響鼻，酣暢香甜地嚼著草料，就更是讓他羞愧得無地自容。也許就是因為羞愧，他一大早趁著主人還沒有起來，就離開了那間溫暖的馬廄。臨走之前，他從懷裡掏出來昨晚沒有捨得吃完的棒子麵窩窩，把帶著體溫的早餐吃下去。然後，把捆紮好的被褥掛在肩膀上。臨出門之前，他鄭重其事地轉過身來，對著馬槽後邊的馬兒們，對著那幾雙無知單純的眼睛深深鞠了一躬，滿懷羞愧地走出了馬廄。立刻，門外犀利的北風像刀子一樣割到臉上來。

幽暗的晨光剛剛照亮天際，一顆冰冷的星星掛在房角枯枝的後面瑟瑟發抖。他又想起了那張被寒風撕破的窗紙。走到天母河邊的時候，隔著寬闊的河道，借著幽暗的晨光，他在凜冽的寒風中遠遠看見了河中心的娘娘灘，依稀看見了娘娘灘上村舍錯落的天石村，依稀看見了村子北端那幢讓自己淪落街頭四處乞討的廟宇。那是一座建立在一塊天然巨石上的廟宇，廟宇正門的匾額上有四個巨大莊嚴的漢字——天母聖殿。一瞬間，徹骨的寒風把眼淚逼出來，把頭腦裡所有的意識一掃而光。

他記不清是從什麼時候開始的，凍僵的耳朵聽不見風聲了，砂石打在臉上不再有感覺了，刺骨的寒風也不冷了，不再像刀子一樣割在皮膚上，刺骨的寒風漸漸變成了燙人的火苗，在臉上、手上溫熱地舔著。灼燙的火苗先是燒熱了皮膚，接著，整個身體都被燒著了……火光漸漸在眼前升起來，到處都是亮堂堂的，輝煌得就像是聖誕夜點滿了蠟燭的教堂……可他知道，自己恐怕是永遠也不能再看到點滿蠟燭的教堂了，從此往後一直到死，一直到比死還要永遠的永遠，自己也只能在教堂的大門外面站在寒風裡燃燒了……把自己關到教堂的大門外面時，萊高維諾神父指著自己的眼睛說，你是我親眼看見的真正的猶大，既然你這麼毫無心肝地出賣教會、出賣我，既然你這麼無恥地幫助異教徒，你就到他們中間去吧！我的教堂裡沒有你這樣的信徒，我也沒有你這個學生，永遠也不要讓我再看見你！

從那以後七天來，只要走進任何一個村莊、集鎮，人們就像看到瘟神一樣對他指指點點，孩子們就會圍上來用濃重的方言對他尖叫，洋鬼子、洋鬼子，死了又活，活了又死，你也忒能了你！黃頭髮、綠眼睛，你就是個妖精！你就是個活見鬼！一邊亂叫，一邊就會把手裡拿著的石子、土塊、從路上抓起來的牲畜糞便扔到他的頭上。最讓他難受的是，教民們的孩子們也用同樣的方法對待他，其中有些面孔還是他以前經常見到過的，是和他一起唱過聖歌的，只不過隨著投過來的石子、土塊和口水，他們嘴裡的叫罵改成了，猶大，叛徒，魔鬼，毒蛇……每次抬起手來無用的遮擋之後，都會激起孩子們更瘋狂的攻擊，他索性不再遮擋，就那樣任憑所有的石子、土塊和凍硬的牲畜糞便輪番落在自己頭上、身上。站在土塊、石子、口水、糞便的雨點裡，他才終於開始明白，離開意味著什麼，離開教堂的大門之後，自己要面對是一個什麼樣的世界，那個世界比眼前這個北風呼嘯的世界要寒冷得多……和這個寒冷的世界相比，教堂圍牆裡面的世界多像那個溫暖的馬廄呀，多像那個被自己說過、想過無數遍的天堂啊……可是，萊高維諾主教指著自己的眼睛說，永遠也不要讓我再看見你……萊高維諾主教說，我們要讓天主的聲音傳遍世界上每一個角落，只要是教堂鐘聲響起的地方，就是主的光芒照亮的地方，就是歸順的地方，就是異教塌毀的地方……教堂的鐘聲早就傳到娘娘灘了，許多年來萊高維諾主教一心要做的就是要鏟平那座異教徒的廟宇，要在那個廟宇的原址上蓋起一座教堂，要讓天石村的人都歸順到主的光芒之下……萊高維諾主教說這是他此生此世最後的一個心願，他要讓天石鎮和天石村兩座教堂的鐘聲互相呼喚……可現在，身邊沒有人群，沒有尖叫的孩子，也沒有教堂，恍惚中只有熊熊的火光，他在心裡一再地祈求自己，千萬不要在火光的幻影裡倒下去，千萬不要倒下去，千萬不要倒下去，千萬不要倒下去……接著，他就在火光裡看見了那座高大的房子，他有點拿不準真假，不知道這座大房子到底是不是那座讓自己流浪街頭的廟宇。之所以說它高大，是因為在天母河兩岸的平原上到處都是低矮平頂的泥坯房，那些破舊不堪擁擠在一起的泥坯房，就像這平原上黃皮膚的農民一樣，貧乏、枯瘦、滿臉呆滯。每當他們把骯髒烏黑的手揣在袖筒裡成群地擠在一起的時候，一片衣衫襤褸之中被飢餓燒亮的眼睛火光炯炯，觸目驚心，活像是要吃人的獸群。他覺得自己現在就像是一隻站在狼群裡的羊羔，他根本就沒有想到事情的結局會變成這樣，如果知道是這樣的結局，也許當初自己根本就不會有勇氣那樣做。可叫他傷心不已百思不解的是，自己只不過按照內心最真實的想法做了最誠實的決定，卻一下子就跌進了萬劫不復的深淵，莫非自己真的選擇了一條不歸的迷途？……天主作證，我真的沒有欺騙任何人，我真的只是做了最誠實的決定……可是現在他也才終於真真切切地看見了，什麼叫被仇恨激發的大眾，什麼叫被仇恨燒亮的眼睛……可為什麼偏偏是我從天堂跌進地獄？……父親哪……我兒我在這裡……請看火與柴都有了，但燔祭的羊羔在哪裡呢……我兒，神必自己預備做燔祭用的羊羔……但燔祭的羊羔在哪裡呢……阿門……這麼大的火，那座廟宇為什麼還不塌毀呢……

狂風之中，他抱緊行李卷，艱難地挪動著兩條像木樁一樣的腿，穿過一個只有屋頂沒有牆壁的亭子，恍惚中覺得好像覺得有點熟悉，隨後又沿著甬道爬了很多級石臺階，當他撞開屋門的時候，真的看見了一堆火，看見火堆邊上一個擁被而坐的人朝自己抬起臉來，突如其來的驚訝像閃電一樣照亮了他的臉，一雙眼睛瞪得又大又圓，黑亮的瞳孔裡晃動著兩朵狂喜的火苗，他抬起手來指著，嘴裡連聲喊叫，著呀！著呀！顯靈啦！這不是顯靈啦——！說一千道一萬也不如當面看一眼，這就是那顯靈的證據！

不知不覺中，腳被門檻絆了一下，眼前一黑，他抱著自己的被卷直挺挺地摔了下去，屋子裡傳出一聲類似木樁摔倒在地上的悶響。

倒下去的一瞬間，有個奇怪的念頭從他心裡一閃而過：

……他為什麼頭上插著紅花？……

二

把喬萬尼趕出教堂關上大門之後，萊高維諾主教終於再也沒能忍住，老淚縱橫地靠在了門板上，自言自語地說服自己：

「不是，這不是我給他的懲罰，這是他自己想要的……聖父作證，這就是他想要的，虧他想得出，他竟敢自動退出教會！可是這個孩子他為什麼要這麼做，他到底為什麼要出賣教會、出賣我？他到底為什麼一定要站到他們中間去？聖主呀，這太叫人羞恥了，這是世界上最叫人羞恥的行為，他是把一切都想好了才故意這樣做的，他怎麼能這樣對待拯救了他生命的人……猶大也只是為了貪心才出賣耶穌的，可是他比猶大還要骯髒、還要醜惡！如果這就是結局，五年前為什麼還要有那樣的開始……」

萊高維諾主教永遠也忘不了五年前，喬萬尼從《聖經》抄寫桌上抬起來的那張臉，永遠也忘不了他臉上那種像羊羔一樣率真無辜的神情……孩子，你為什麼這樣做？喬萬尼抬起頭來，神父，這樣，我就可以離主更近一點。

在中國傳教十五年後，萊高維諾主教帶著他的成功和盛名返回義大利。作為方濟各會的教士，他希望能打破宗派界限，希望能鼓動更多的教士們和他一起到中國傳教。萊高維諾主教到處宣講：現在中國的大門已經被徹底打開，早已經不再是當年那個「禮儀之爭」的時代。中國已經沒有能力保護自己，也早已經沒有一絲一毫的信心再封閉自己。東方那樣一塊毫無尊嚴的遼闊蠻荒之地，正需要主的光芒去照亮。現在許多國家不同宗派的基督教會都在爭相湧向那塊盼望得到拯救，等待有人啟蒙的蠻荒之地。如果你們親眼看見那些衣衫襤褸的人在饑荒、戰亂、疾病、勞累中，成千上萬地像螻蟻一般死去，你們才能體會到屬於個人的能力和同情是多麼的蒼白、荒謬，只有天主的悲憫才能拯救那些千千萬萬無辜的生命。天主的悲憫就是對我們的指引，違背這個指引就意味著背叛。在那塊蠻荒之地，正有數不清的工作在等待我們去做，今天一點一滴的奉獻必將換來主的榮耀之海。教派之間的差別不應該成為我們愚蠢的障礙，而應當成為相互扶持的動力。教派千差萬別，解釋多種多樣，可我們信仰的主只有一個。我們唯一不能辜負的是聖父在天國的希望，而不是自己在世間的爭吵。大家不要忘記：踏進異教的蠻荒之途，正是獻身者的走向天堂之路。

除了到處呼籲、籌款而外，萊高維諾主教還希望能找到一個助手，這個助手不只要有一時的勇氣遠離家鄉、跨越千山萬水，而且要有一生的勇氣忍受蠻荒之地的陌生和孤獨，將來他也應當像自己一樣，除了傳教不再有任何別的牽掛和希望——因為萊高維諾主教已經決定，這一次回去就不再回來了，他要把自己的墳墓當作最後的佈道永遠留在中國。

四月初的瓦拉洛已經開始返暖了，但是還可以看見阿爾卑斯山上殘雪的閃光，教堂和修道院的穹頂廳堂裡還是籠罩著一股陰冷之氣。在復活節聖週結束之後的第二天，萊高維諾主教在院長的特別舉薦下來到《聖經》抄寫室，推開房門，在一片低頭抄寫的背影中，萊高維諾主教第一眼就看到了那個赤腳站在黑色石頭地板上抄寫經文的孩子。別的人都是坐在椅子上，他卻因為身材矮小只能站在抄寫桌前，灰白色的粗毛罩衫比他的身體要寬大許多，因為要用力支撐身體，踩在黑色石板上的腳底被擠壓出一圈蒼白，正在消退的凍瘡在腫脹的腳上留下累累疤痕，紫紅的腳後跟淤滿了血，好像馬上就要破裂開，馬上就會有鮮血從裡面流出來。院長看到萊高維諾主教臉上的表情，解釋道：

「喬萬尼．馬丁一直堅持要這樣，這些年來他都是赤腳站著抄寫經文，所以冬天常常會凍傷。」

像一陣風穿過教堂搖動了所有的燭光，萊高維諾主教心裡驟然湧起難言的觸動。他朝那個瘦弱的背影走上去：

「孩子，你為什麼要這樣做？」

喬萬尼抬起頭來，乾淨的眼睛裡帶著一股由衷的羞澀，「神父，這樣，我就可以離主更近一點。」

淚水一下子湧上來，萊高維諾主教情不自禁地俯下身去跪在地上親吻那雙傷痕累累的腳，一面動情地嘆息，「雖然今天已經過了濯足節，可是我真應當好好的把這雙腳洗乾淨！」他抬起熱淚縱橫的臉，「喬萬尼，院長已經告訴我，你願意跟我一起走。我真該感謝你，謝謝你願意離開家鄉跟我一起到遙遠的中國去。」

喬萬尼垂下眼睛，「不，神父，不是離開家鄉，是你帶我走向主。」

萊高維諾主教站起身把喬萬尼擁抱在自己懷裡，「感謝主！感謝萬能的聖父！感謝他把你賜給我！」

去往中國的路遙遠而又漫長，在幾乎永遠也看不見對岸的茫茫大海上，萊高維諾主教開始給喬萬尼教授漢語，第一課是命名課。萊高維諾主教用鉛筆把三個方塊字寫在喬萬尼的課本上：

張馬丁

然後，指著它們一字一頓地念道：「張、馬、丁。很好。這就是你的中國名字。我的中國名字是高、維、諾。張馬丁這個名字比我的名字好，因為在中國，張、李、王這幾個姓氏是最為普通的姓氏之一。到了中國，到了東河縣你就能看到許多村名就叫張家莊、李家村、王家店。因為張家莊的人大部分都姓張，李家村的人大部分都姓李。你叫張馬丁，天母河平原上的農民們很容易記住你。」

喬萬尼生硬地模仿著，「槍（張）、媽（馬）、聽（丁）……」

萊高維諾主教溫和地笑著糾正：「不對，不是槍媽聽，是張馬丁。喬萬尼，中國的文字和我們的拼音文字不一樣，漢字是從象形字發展而來的，你看這個馬字像不像一幅簡筆畫，像不像一匹正在跑路的馬，尾巴在風裡飄起來，像嗎？」

喬萬尼一面笑著點頭，一面不由得想起這幅圖畫背後的那個遙遠得難以想像的世界。

船舷外面是大海，是無窮無盡的大海，是茫茫不斷的大海，喬萬尼從來沒有看到過這樣無邊無際的海，喬萬尼總覺得自己的根在陸地上，是和阿爾卑斯山連在一起的。他從來沒有像這樣被大海吞噬得一無所有——從靈魂到肉體都被連根拔起，高高地懸在半空裡。就像一枝熟透了的黃麥穗突然被一雙大手揉搓了幾下，麥粒和麥芒一下子掉得乾乾淨淨，只剩下孤零零的麥稈在風裡空曠地搖晃，連對麥粒和麥芒的記憶也變得空曠虛幻起來……海天一色，茫茫無際讓喬萬尼陷入了深深的虛幻，他拚盡身體裡全部的想像力都無法填滿眼前的虛幻，就像把一枝彩色筆投向藍天，一瞬間，筆已經掉在塵土裡，可深邃的藍天還是照樣像深淵一樣的幽藍。這讓喬萬尼忽然想到了根本的疑問：

「神父……」

「孩子，你想說什麼？」

「神父，我覺得我們不是要去一個另外的國家，而是要去一個另外的世界。」

「孩子，你說得對，那幾乎就是一個另外的世界。喬萬尼，我想提前告訴你，中國人不只和我們膚色不同，不只使用不同的語言文字，他們還都崇拜自己的祖先和一個叫孔子的偶像，天母河平原上的農民們還相信另外一個叫女媧的女神，他們認為是女媧開天闢地、用泥土造出了人，而且這一切就發生在天母河岸邊。喬萬尼，雖然現在我們都有了和他們一樣的名字，但我們和他們是不一樣的人，確確實實有太大的不同，差別之大就好像白雲和黃土。總有一天，我們要讓他們放棄他們異教的迷信歸順上帝。這正是我們的使命，是我們給上帝的承諾。」

「神父……」

「孩子……」

「神父……當初是誰把這麼多的異教徒留在世界上？是萬能的天主嗎？」

萊高維諾主教的神情一下冷峻起來：「喬萬尼，人都是卑微的，都是有罪的，要想求得天主的恩典，我們只有權利去做天主希望我們做的事情，我們沒有權利問天主為什麼沒有做的事情。」他拍拍喬萬尼的肩膀，「喬萬尼，這是因為你第一次看到真正的大海，第一次在大海上遠航，你現在有點出現幻覺了。」

「神父，我是在阿爾卑斯山長大的，我真的從來沒有見到過海，更沒有見到過這種把什麼都剝光的大海……」

喬萬尼愧疚地笑著，為了掩飾，他舉起課本來，指著那三個陌生的方塊字生硬地念道：「槍（張）、媽（馬）、聽（丁），謝謝你神父，謝謝你在什麼都沒有的大海上給了我這個中國名字。」

「孩子，有件事情我想告訴你。」

「神父，什麼事情？」

「孩子，這條船上有我一件特殊的行李。」

「什麼行李？」

「我專門為自己帶了一口棺材當作行李箱。喬萬尼，這是我唯一的一點私心，我實在不喜歡中國式的棺材，我想仁慈的天主是會允許的。」

「神父，你為什麼要帶棺材去中國？」

「孩子，對我來說，這次離開義大利，是永遠的離開，我已經決定為了傳播天主的福音把自己埋在中國，我希望把自己的墓碑當作在中國最後的佈道，也當作永遠的佈道。」

喬萬尼崇敬地抬起眼睛，「神父，所以死對你並不可怕，是嗎？」

「是的，孩子。為天主而死就是永生。我渴望為他而獻身。」

喬萬尼的眼睛裡閃過一絲瞬間的恐懼，「神父……可是我不想失去你……」

萊高維諾神父動情地撫摸著喬萬尼的頭頂，「我也不想失去你……孩子，我們現在是兩個人一起到那個另外的世界去，這樣我們就都不再孤單。」

淚水立刻溢滿了喬萬尼的眼眶，「神父，在此之前我一直是孤單的……」

話沒有說完，兩個人已經擁抱在一起。

那一天，那一刻，有許多幸福的淚水流出來，落在無窮無盡、茫茫無際的大海上。

殺人償命的叫喊聲正從教堂大門外邊傳進來。站在大門外的喬萬尼立刻被村民們認了出來，人群中一片呼喊，就是他，就是他，這不就是那個死了的張馬丁張執事嗎？就是那個假死的洋鬼子……這些年洋鬼子們逼著官府弄了多少害人的案子呀……你們到底兒要弄出多少冤案，到底兒要害多少人哪你們……叫喊聲像刀子一樣戳在萊高維諾主教的心上，因為天石村教案引發的爭紛，眼看著就要變成一場流血衝突……而這一切都是因為這個自己親自挑選的助手，都是因這個被自己視如骨肉卻又被自己永遠關在了大門外面的人。萊高維諾主教萬萬沒有想到，喬萬尼居然在這樣千鈞一髮的時候，站出來為異教徒作證，他的作證馬上就會像是砸進水面的一塊巨石，掀起滔天巨浪，各個村子到處都會盛傳是教會造假弄出來的冤案叫官府錯殺了天石村迎神會會首張天賜，到處都會有人叫喊殺人償命。早就有人揚言誰敢動娘娘廟一磚一瓦，就把天母河兩岸所有的天主堂都燒乾淨。多少年來積累的怨恨，正在激發出來變成一股狂潮。現在，在那一片刺耳的叫囂聲中喬萬尼第一個落進了漩渦的中心，就像一隻落進狼群的羔羊……萊高維諾主教不由得心如刀絞一般地回想起，自己和喬萬尼曾經真的面對狼群的生死經歷：

當初為了修建小教堂的事情，萊高維諾主教曾經多次帶著張馬丁來到天石村，親自參與勞動，監督施工品質。為了催促施工的進度，萊高維諾主教每次都拒絕教民的挽留，拒絕在天石村留宿。他告訴他們，什麼時候等到新的教堂建起來，我會第一個留住在天石村的教堂裡。一天傍晚，他們像往常那樣離開村子，等到渡船把他們兩人放在對岸離開的時候，天已經開始黑下來。沒有星星，月亮也還沒有升起來，荒涼的河灘上，蘆葦在漆黑的風裡嘩嘩地搖擺著，像是來自地獄的聲音。張馬丁不由得抓住了萊高維諾主教的手，萊高維諾主教溫暖的手掌輕輕撫摸著那隻驚慌的手，

「喬萬尼，不要害怕，和人相比，野獸們要仁慈得多！」

好像是為了要印證萊高維諾主教的話，從漆黑一片中突然浮現出幾對綠光瑩瑩的眼睛。兩個人立刻屏住呼吸，驚呆在路邊上。兩個傳教士，沒有武器，沒有燈光，沒有任何可以防身的東西，手上只有一本《聖經》。

張馬丁下意識地驚呼起來，「主啊……是狼……」

不錯，就是狼。是三隻借著傍晚的黑暗出來覓食的狼。情急之中萊高維諾主教忽然想起自己的衣兜裡還有一盒火柴，他馬上拿出來，嚓——，漆黑一片中燃燒起一團微弱的火苗。這團人類的火種，立刻引發了亙古而來的原始恐懼，看到火光，狼們當即退縮了幾步……眨眼間，一根火柴被淹沒在黑暗中……萊高維諾主教趕緊再次劃亮一根……火柴盒很快空下來，眼看這樣的僵持就要結束了，被火柴照亮的恐懼和絕望，眼看著就要落進無底的深淵。冷冷的綠光在黑暗裡耐心地等待著。千鈞一髮之際，萊高維諾主教突然命令張馬丁，

「喬萬尼，快，把你手上的《聖經》撕一頁下來給我！快！」

張馬丁顧不得細想，立即撕下一頁《聖經》遞過去。

於是，一根火柴的光亮變成了一張紙的光亮。《聖經》一頁一頁地被撕開，火焰一次一次被點燃……張馬丁痛苦地哭起來，

「神父……神父……我們是在燒毀《聖經》啊……」

火光中萊高維諾主教莊嚴地回答，「孩子，我們不是在燒毀《聖經》，我們是在天父的光芒照耀下得救……慈悲的天父現在一定是在頭頂高興地看著我們……」一邊說著，萊高維諾神父又接過了遞上來的一頁《聖經》，再次點燃了希望的火光，火光中他低聲地吟唱起來：

我們坐在巴比倫的河畔，

一想起熙雍（注）就淚流滿面。

在那地方的楊柳間，
掛起了我們的琴弦。
因為那俘虜我們的，要我們唱歌，
那些迫害我們的，還要我們奏樂。
但我們身處外鄉異域，
怎能謳唱上主的歌曲……

火光中，張馬丁淚流滿面地跟著萊高維諾主教唱起來：

但我們身處外鄉異域，
怎能謳唱上主的歌曲……

不知過了多久，他們終於看見遠處走來了火光。是天石鎮天主堂的教士們放心不下，特意提著馬燈趕來接應他們。聽見遠處傳來的動靜，那幾雙綠瑩瑩的眼睛很快消失在無底的黑暗中。當人們來到跟前，知道了剛剛發生的生死對峙，都驚嘆不已，都感動地留下了眼淚。

人們簇擁著萊高維諾主教熱淚漣漣地繼續上路了，一群不遠萬里離開家鄉的人們，提舉著幾朵微弱閃爍的光，走在荒涼的異國他鄉，無邊無際的黑暗中，遠遠地傳來了他們憂傷、感人的歌聲：

我們坐在巴比倫的河畔，
一想起熙雍就淚流滿面。
在那地方的楊柳間，
掛起了我們的琴弦。
……

回到天石鎮的當晚，萊高維諾主教就把那本殘缺的《聖經》莊嚴地放在了祭壇的十字架下，並且親自在殘留的書頁上用拉丁文和中文寫下同一句話：

這本天主的聖書，曾經作為火炬搭救了兩個傳教士的生命。

注：熙雍，新教譯為錫安。是耶路撒冷東南的一個山崗，有最後晚餐廳，聖母安息堂，達味王陵，雞鳴聖堂等多處朝聖點。

可現在，聽著高牆外的叫囂聲，萊高維諾主教無論如何也不能相信這一切竟會是真的，那個躲在身後，緊抓著自己的喬萬尼到哪兒去了？……

看見萊高維諾主教靠在大門上落淚，特地從教堂醫院趕來的瑪麗亞修女，手裡提著一只籃子，遠遠地站在一旁垂下了眼睛，儘管心裡焦急萬分，可她還是一聲不響地等著主教平靜下來。

終於，萊高維諾主教轉過頭來看見了瑪麗亞修女，「有事情嗎，瑪麗亞修女？」

瑪麗亞修女眼睛轉向大門外邊，「主教，這裡還有幾個我烤的麵包。」

萊高維諾主教斷然拒絕道，「我們方濟各會的傳統本來就是四處流浪、乞討為生的。」

瑪麗亞修女為難地窘在大門邊。

萊高維諾主教轉身而去，瑪麗亞修女從那個絕然的背影裡又聽到一句冷冷的回答：

「他最後的晚餐已經吃過了。」

眼淚從瑪麗亞修女的臉上流下來，落進那個香噴噴的麵包籃裡。她一遍又一遍地在自己胸前畫著十字，一遍又一遍地在眼淚裡嘆息：「聖母啊，可憐可憐那個孩子吧……」

大門外的叫喊聲正一浪高過一浪地湧進來。瑪麗亞修女猶豫再三，還是打開了教堂的大門，從門縫裡把那只籃子遞到外面去：

「喬萬尼，喬萬尼……拿著吧。」

喬萬尼意外地回過頭來，看見了瑪麗亞修女滿是淚水的臉。

瑪麗亞修女打開籃子上蓋著的餐巾，「孩子，我現在只能給你這個了……」

喬萬尼猛然跪下，把麵包籃推了回去，「瑪麗亞修女……萊高維諾主教會生氣的……」隔著麵包籃，他又抬起蒼白的臉來，「瑪麗亞修女……」

「喬萬尼，你想說什麼？」

「瑪麗亞修女，我也許真不應該讓你為我做那件長袍……如果不是為了它，現在我已經被埋在教堂的墓地了……就不會再發生後面的這一切了……」

「……你怎麼能這樣說，慈悲的主呀……難道你能活下來就是罪過……」

喬萬尼露出一絲歉意的微笑，由衷的歉意被臉上的蒼白凝結成一幅雕像，「瑪麗亞修女……我不知道，不知道這是聖父的恩惠，還是聖父的懲罰……還是，活著就是有罪……我不能欺騙天主，我只是憑著自己的良心做了一件誠實的事情……沒想到大家都不想看見真相……」

瑪麗亞修女不禁失聲痛哭，「孩子，孩子……以後你可怎麼辦呀……」

三

現在，無論做活還是串門，張王氏都躲開天石村東邊的石碼頭。她現在不能看見那個碼頭，只要一看見碼頭上的青石板，就會看見扛著枷板的丈夫張天賜跪在船頭上順水漂過來，雪亮的鬼頭大刀在衙役們的肩膀上一閃一閃的，鬼頭刀後面是滿滿一船扛著洋槍的官兵，洋槍尖上都挑著刺刀，也是一片的雪亮……那時候剛剛涼下來，還沒有凍冰，天氣清冷清冷的。動刑的那天，自己早早就蹲在河邊兒等，衙門裡的人傳過話來，說是高主教說的，是天石村的人殺的人、惹的禍，這個刑就得在天石村動。冬天的天母河透底的清亮，水底下的石頭、水草、游魚全都看得清清楚楚的，全都冷冰冰的，一直涼到心根兒上……她就想，要是趕明兒個凍了冰可咋兒活呀你說……族裡兒的男人們說了，已經給官府使了錢了，孫知縣已經開恩答應了，能讓當家的開刀問斬之前，再給自己留個種。族裡兒的男人們說這話的時候天還沒有涼呢，族裡兒的男人們說，天賜家的你就好好準備準備吧，你可一定得把天賜最後的種留住呀你……你可不能讓天賜絕了後呀你……可要是趕明兒個凍了冰可咋兒活呀……這麼想著抬起頭來，就遠遠地看見河對岸的船了，是兩條船，一條上邊坐的兵，一條上邊坐的官和兩個洋神父。她趕緊摸了摸抱在懷裡的暖盆，壓緊了蓋子的暖盆裡裝著砂鍋，砂鍋裡是她天不亮就起身熬出來的棒糝兒粥。用蒲草紮成的暖盆裡又襯了厚厚的棉花，一丁點兒的熱氣也散不出來。喝粥用的家活也帶來了，就在懷裡揣著……棒糝兒粥金黃金黃的，又甜又香，是自己後半夜裡就起來熬好的。這一輩子也記不清楚熬過多少回棒糝兒粥了，見天兒熬粥，見天兒熬粥，全家老小都是喝自己熬的棒糝兒粥，天母河的人祖祖輩輩都喝棒糝兒粥，年景好的時候熬得稠一點，鬧饑荒了就兌上野菜、樹葉熬，棒糝兒粥、棒子麵窩窩頭，再加上老鹹菜，世世代代不知道養活了多少條命，世世代代就沒有個膩……今年天太旱，旱得地裡只留下一兩成的收成，棒糝兒粥愈熬愈稀，稀得能捧起來洗臉。半夜裡，她把麵罐子拉出來，就著燈苗看了看，狠狠心，還是剜出滿滿一碗來，唉——棒糝兒粥，家常飯，當家的最愛喝的就是這一口，當家的喝了這鍋粥，再沒有第二回，喝了這鍋粥，就得開刀問斬了……

那時候夏天剛過去，因為祈雨鬧出的人命案子剛剛判下斬立決。臨去大牢前，天佑提著個口袋到家裡來了，從口袋裡拿出來一碗小米，一小包松籽，兩把大紅棗，兩根長山藥，天佑說：

「嫂，這些個東西是天石鎮百草堂王老先生開出來的，他說拿著這些個東西熬一鍋粥，用文火慢慢兒熬，熬得稠稠的，去之前你喝一半，趕到了裡頭給我哥喝一半，喝完了你倆再辦事，定準就能坐上胎。」

她驚訝地伸手撫摸著眼前的東西，有點不敢相信自己的眼睛，「我說他叔，這大饑荒年的，人連樹葉都吃開了，你是從哪兒弄來的這些個寶貝呀，這得多麼貴呀？」

天佑把東西又朝前推了推：「嫂，我哪有錢買這麼貴的東西，這都是族裡兒的人們出錢湊的，人們都說我哥這是為了大家夥，為了娘娘廟捨了命，大家夥得對得住他……這些個東西都是我哥拿命換的……」

這麼說著，天佑的眼淚噗嗒噗嗒落到小米上，他趕緊胡擼一把臉，背過身去。

看見小叔子哭，她也哭，一邊抹眼淚，一邊痛心地拍打著自己的胸口，「他叔呀，我這輩子真是對不住你哥呀，生了迎兒、招兒倆閨女，我就沒有給他生下個兒子，是我害得他沒有留下個傳宗接代的種……」

天佑又從懷裡掏出一把銀元來，嘩啦一聲放在炕桌上，「嫂，你別哭啦，這兒呢還有十塊大洋，也是鄉親們湊的，為著使喚方便，專門給你把碎銀子換了鷹洋。趕明兒個你進到大牢裡頭，還得打點看門的衙役們，打點不到，人家不能痛快叫你看見我哥。」

她就依在炕沿上又哭起來，「我真對不住他呀……我這一回要是再坐不上個胎，我在天石村、在咱們老張家門裡兒就沒臉活啦……」

天佑走到堂屋的水缸邊上，拿過扁擔，挑起水桶，天佑說，「嫂，別哭了嫂，我給你擔水去，你就坐上鍋吧。」

上路的時候，她也是抱著這個暖盆走的。那時候天還熱，太陽把後背曬得熱烘烘的，暖盆在懷裡也是熱烘烘的。天佑牽著毛驢走在前頭，她懷裡抱著個暖盆騎在驢背上。看見天佑又想起丈夫來，以前出門不論是到小王莊回娘家，還是趕集、看戲，都是天賜在前邊牽驢。天賜每回都把毛驢收拾得又乾淨又漂亮，鼻梁上紮朵紅纓子，脖子下邊吊個銅鈴鐺，驢背上搭條棉褥子，坐著又舒服又軟活。自己穿個紅花襖，頭髮沾水篦得光光的，鬢兒上別朵亮紅的石榴花，一路走，一路有人瞄。天賜就搖著個驢繩在前邊笑，好好瞧，好好瞧瞧吧，咳——，一口吃不上，瞧也是個白瞧。她就在驢背上抿著嘴低下頭來嗔怪，她爸，你就不能停停嘴呀。一面說著，臉上紅得賽過那朵石榴花……臨走前，她專門去娘娘廟裡上了三炷香，磕了九個頭，淚流滿面地求告：

「娘娘呀娘娘……我那當家的可是為了保祢才和信教的人們打起來的，是為了保祢才和洋神父結下仇的……求求祢開恩保佑保佑吧……我這一回不是要生一個兒子，我是想要讓一條命走的安心，除了給他生個兒子，我沒有別的法兒救他，也沒有別的法兒能叫他安了心，娘娘呀祢就大慈大悲開一回恩吧，開一回恩能救一家人，祢就開恩救救命吧……我永輩子都給您做牛做馬，永輩子都給您供獻……我也學當家的，我也捨出命來保祢……」

一路上天佑囑咐了沒數遍，見了衙役們叫官爺，見了官爺就得跪下磕頭，見了官爺就得給錢，可記住一樣，千萬不能把錢一下子都給了，裡頭門檻兒忒多，你要是一下子都給光了，鬧不明白就絆在哪個門檻兒上。可她到底還是沒算計好，到底還是叫一位官爺給絆在門檻兒上了。開大門的，開小門的，引路的，領班的，都磕頭了，都給到了，以為是再沒有事情了，可一轉眼，拿了錢的官爺們都走了，又進來一位開枷的，等到自己磕了頭立起身要拿錢的時候，才知道總共十塊大洋都給光了。官爺的臉立馬耷拉下來，官爺說，他們拿錢辦他們的事，我拿錢辦我的事，沒錢，就不辦事。你們公母倆就這麼戴著枷板辦自己的事吧！我倒也是開了眼，這輩子頭一回看見戴著枷板脅人！她把頭在牢房的磚地上磕得咚咚響，官爺官爺，開開恩吧，我實在是沒錢了，要知道您還在這兒，我哪敢不給您留呀……都是我的錯，都是我的罪，您不看活人看死人，他一個再過幾天就開刀問斬的人，您老就高抬貴手給他打開這個枷吧……一個人連死的罪都受了，就別讓他再受這個罪了……趕明兒個我給您補上，我一定準兒給您補上……官爺的臉更難看了，我說，你可別在這兒哭可憐，這兒是什麼地方？這是死牢，這兒就是鬼門關！進到這個號子裡有幾個活著出去的？都得死！鬼門關的規矩就是拿錢辦事、沒錢走人！我不拉出你去就是老大的面子了，再哭，我這就立馬叫你走人！自己後悔得在磚地上磕頭的時候，是當家的出來打的圓場，當家的坐在麥秸堆裡嘿嘿笑起來，說，官爺官爺你不用跟她一個沒見識的老娘兒們生氣。當家的笑著說，這位官爺說得對，咱們沒錢了就辦沒錢的事，戴著枷板也能㕑人。那時候，自己就是個哭，就是個哭，一邊哭，一邊咚咚的磕頭。當家的就勸，迎兒他娘，別哭啦，你再這麼哭，哪還能留上我的種子。她就不敢再哭了，她就把準備好的粥鍋從暖盆裡拿出來，滿臉掛著眼淚，一勺一勺餵丈夫喝粥。一邊喝，當家的又笑了，我說迎兒他娘，王先生這個方子真能管用？真能讓我種上？她點點頭，淚水就落到粥鍋裡……能，真能……喝了一陣，她把勺子放下，當家的，王先生的這個方子咱們別一下子吃完了，咱們先做做，等你歇歇，再喝點粥，咱們再做……當家的就笑，行，行，把種兒都放到一個坑裡兒，總得有個活了的，就怕一下子都種上，苗兒就忒稠啦，你說是不，迎兒他娘……她就說，是，是……她就抹著眼淚陪他笑。

喝了粥，先把專門帶來的被子鋪在麥秸上，拿一條布單子擋住柵欄門。丈夫帶著枷板、腳鐐沒法脫衣服，只能給他解開扣子敞開懷，只能解開腰帶把褲子褪到腳底下，又把地上的麥秸塞到空包袱皮兒裡做個枕頭，給他墊在頭下邊，不讓枷板硌住脖子。一邊墊，一邊問，當家的合適了不……當家的就笑，合適，合適，你倒是趕快呀……然後，她就脫自己的，一邊脫，一邊說，當家的，你戴著個枷，你別動，就讓我伺候你一回吧，這一輩子也就再伺候這一回啦……當家的說，迎兒他娘，你別哭，咱倆這輩子就剩最後這一回了，你哭個啥呀你……還是叫我伺候你一回吧，最後一回，正好按你喜歡的樣兒，每年迎神會三天，你都要陰陽倒轉，你都要在我上頭，這一回正好，我戴著個枷，正好讓我躺著，讓我躺著再好好伺候你一回，再好好看看你的奶……唉，我說迎兒他娘，你這是《十八春》裡兒的第幾招呀……她就哭得站不起身來……當家的，你咋兒這時候了還跟我鬧笑話呀你……她就騎上去，她就扶住他……當家的就進來了，當家的一下子就頂到了命根兒上……她就哭，當家的，我就死在你身上吧，我就死在你身上吧……我死了，就不用再受這個罪啦……他就喊，迎兒他娘……迎兒他娘……我的那活祖宗啊，咱倆要是這會兒死就真是死成了活神仙啦……迎兒他娘……你可千萬把種兒給我留住了……迎兒他娘、迎兒他娘你才是我的命根子……你就是我的活娘娘……一邊做，一邊哭……一邊哭，一邊做，兩個活人在鬼門關裡頭，一邊做，一邊哭……一邊哭，一邊做……老天爺、老天爺，你說說這都是為了啥呀……啊？……你咋兒就不睜眼看看呀老天爺……

等到做完事，給丈夫穿衣服的時候她提著心特別問了一句，當家的，最後臨走那天到底兒想再吃點啥呀……當家的笑笑，當家的說，沒別的，就想再喝一口你熬的棒糝兒粥……眼淚立刻又湧出來，滴滴嗒嗒敲打在丈夫的枷板上。

丈夫就用戴著枷的手捧住她的臉，叫她的小名，我說石榴呀，我有件事想跟你說，又張不開個口……她就說，天賜，這都什麼時候了還有啥張不開口的。丈夫點點頭，丈夫捧著臉的手就有點抖，丈夫說，石榴呀，咱倆這一回要是萬一沒有種上，我的種這一回要是萬一你沒有留住……我就想求你一件事……她就哭，我現在給你命都心甘情願，還有什麼不答應你的呀……丈夫說，迎兒他娘，我這一輩子最揪心、最心疼的一個人就是你，我說啥也捨不得你走，捨不得你離開我們張家門，可你要是沒有個兒子，倆閨女趕明兒個一出嫁，你一個寡婦家就沒有個靠了，我就是說呀……你說呀，你倒是說呀……我就是說呀，這一回要是萬一沒有種上，你回家就借天佑的種，愈快愈好，愈快旁人就愈看不出來你是借的種……她就瞪大了眼睛抬起頭來，當家的你說啥呀……你不是氣糊塗了吧……丈夫伸手又捧住她的臉，石榴呀，你記住了，我一點不糊塗，你記住了，這是我這輩子最後囑咐你的話，只要你能生出個兒子來，你就理直氣壯的是咱老張家的媳婦，以後就有人給我頂門立戶了，最當緊的是等兒子長大了就能給我報仇雪恨了，我不能叫洋神父就這麼白白殺了我……我張天賜不是想找死，天底下哪有人自己個兒找死的呀，我是不能如了洋鬼子的意，不能叫他們拆了咱們的娘娘廟，咱們老祖宗幾千年留下來的廟，是全村老少鄉親的寶貝，是全天母河的寶貝，憑他媽啥叫洋鬼子給拆嘍呢……我早就看透那個高主教的壞主意了，他就是想拆廟，今天不找這個茬兒，明天就找那個茬兒。我張天賜是會首，我就得給大家夥頂著不是，沒別的，我就是不能在沒有娘娘廟的天石村過日子，我就是想叫洋鬼子們看看，拆廟的事情有人敢豁出命來給他擋住……迎兒他娘，這件事情你可不能怨我，你可不能記恨我……我的那人呀，你把命都給捨了，我咋兒能還記恨你呢……我不是記恨你，我是心疼你呀……我的那人，我的那命根子，我的這心碎得一片兒一片兒的……迎兒他娘，我知道也能從別人那兒過繼一個兒子，可那不是你生的，就不是你的骨肉，不是你的骨肉他就不能跟你親，他就不能捨下命替我報這個仇……這事情，上回天佑來探監我都和他說好了，天佑說這事情不能聽他的，得聽我嫂的……她就哇哇的放聲哭起來……她本想說，天賜、天賜你這都是說的啥話呀你，我生是你的人、死是你的鬼……可她就是張不開這個嘴，就是捨不得讓個臨死的人再受罪……她就把臉埋在那雙戴枷板的手上……當家的、當家的，行……行……我答應你……只要你高興，只要你答應，你叫我死我都願意……我給你生個兒子，我定準把他養大，叫他記住是誰殺了你，叫他給你報仇雪恨……叫他宰了那個高神父！

兩條大船，一前一後，一眨眼就順著冰涼的水面漂到眼跟前，一眨眼就站在碼頭的青石板旁邊了。青石板上鬼頭刀、刺刀亮閃閃的一片。她抱著暖盆撲上去，又被兵們吆喝著用刺刀擋在外邊：

「一個娘兒們家你找死呀，沒見大人們都還沒下船吶！」

她就把暖盆高高舉過了頭，在刺刀縫裡喊：「當家的，當家的，棒糝兒粥我給你熬好啦……」

丈夫回過頭來笑笑，又轉過頭去對圍上來的鄉親們抱拳作揖，「父老鄉親們，我張天賜多謝大家夥兒照應，今天這條命不算白搭，就算是我張天賜給天母娘娘的供獻，只要能把娘娘廟保住了，我就算是沒有白死。讓洋鬼子們看看，老子不怕死，老子再過二十年又是一條好漢！誰敢動娘娘廟一磚一瓦，我張天賜做鬼也要找他拚命！老子們又沒有去你們老家拆你們的洋教堂，你們他媽憑啥來天母河拆我們的廟，姓高的你們等著，早晚天母河的洋教堂都得毀成他媽屄的碎片子！洋鬼子你們等著，有的是人給我報仇雪恨……等我天保兄弟回來，把你們一個一個的狗頭都他媽屄剁下來給我祭墳！」

高神父指張天賜對孫知縣哇啦哇啦喊了幾句，孫知縣就下令：「快把嘴給他堵上！」衙役們撕下張天賜的一塊衣服，三下兩下塞進他嘴裡。張天賜說不成話了，可是嘴裡還是嗚嗚的叫喊，脖子上、額頭上暴出來的青筋一跳一跳的，整張臉血紅黑紫，眼看就要掙破，眼看就要爆出血來了。

她把暖盆抱好，騰出手從懷裡掏出銅勺來哭喊：「別堵嘴……別堵嘴呀你們……我給他熬的棒糝兒粥他還沒喝呢呀……」

眼見得還沒有塞進去的爛布條在丈夫嘴角耷拉下來，左晃右晃……在他血紅的脖子前邊左晃右晃……

沒人聽得見她喊。她跪在地上，眼睛裡只有一片亂哄哄的人腿。

人群分成兩撥，一群人護著洋神父，一群人護著當家的。擁過來，擠過去……擁過來，擠過去……就和上回鬧出人命來差不多……忽然就聽見頭頂上一陣劈劈啪啪駭人的槍聲，幾乎把耳朵振聾了，人群立刻像洪水一樣退下來。一個戴眼鏡穿長衫的先生掏出一張紙來念：

「……查案犯張天賜……天石村迎神會會首，一貫仇視西教，多次尋釁滋事……借請神祈雨聚眾作亂，挑起爭端……以石擊人，致使天石鎮天主堂執事張馬丁受傷殞命……」

反對聲從人群裡爆發出來，生不見人，死不見屍，冤枉好人吶……冤枉啊……

孫知縣抬手指著對面的人群，「你們不要信口胡說……本官帶員親赴教堂查驗，張執事的屍體本官親眼所見……」

人群還是叫喊，洋人教堂裡的事我們沒見過……有本事開棺驗屍……有本事開棺驗屍啊！

孫知縣厲聲厲色起來，「本官一向體恤百姓，愛民如子，這次更是仁至義盡，與高主教反覆協商，終得退讓，拆廟保人、殺人償命，兩選其一……最終是張天賜本人自願捨命保廟，有他親自畫押在此……你們還想作亂造反不成！」

人群再次像洪水一樣狂亂激憤地擁擠起來，人群裡喊聲一片，冤枉好人呀……官逼民反呀……天賜呀，你放心，老人我們給你孝敬、給你送終，孩子我們給你拉扯大……天賜呀天賜，你就放心走吧……張天賜拚命搖晃著頭，像頭發狂的牛一樣嗚嗚吼叫著，想把嘴裡的碎布甩出來……她拚死了力氣地尖叫起來，她想用尖叫壓住別人的聲音，

「當家的——，你別急——，我這就過去，我這就過去給你把布拽出來……」駭人的槍聲再一次劈劈啪啪響起來……混亂之中有人高喊，

「開刀動斬！就地正法！」

懷裡的暖盆被人撞得摔到地上，沙鍋裡的棒糝兒粥黃燦燦的撒了一地，她不顧一切慘叫著朝棒糝兒粥撲上的時候，猛然間，看見丈夫的人頭骨碌碌地滾落在青石板上，一腔熱血轟然噴灑了一地，丈夫滾熱的血在天母河初冬清冷的陽光裡凝起一陣白煙……

她捏著銅勺當即昏死過去。

她身邊的鄉親們在青石板上呼啦啦跪成一片……天賜兄弟走好呀……天賜兄弟放心吧……天賜兄弟冤有頭債有主我們都給你記著……

昏死在青石板上的她，有件事還沒告訴丈夫，她不忍心也不敢告訴丈夫，自己身上又來了，王先生的方子不管用，給娘娘磕頭燒香也不管用，女媧娘娘不睜眼……女媧娘娘不開恩吶……當家的種子自己還是沒留住。

四

各自在太行山的千山萬壑當中曲折、憋悶了幾百里之後，清沙河、濁沙河沖出山口奔騰而下，轉眼間，原來湍急的水流漸行漸緩，慢慢沒了脾氣，就像兩個焦急的男人在女人溫軟的懷抱裡耗盡了氣力，最終，在山下的大平原上二流合一變成了寬闊的天母河。天母河先向南，再向東，浩浩蕩蕩直奔大海。在兩河相聚的岔口上坐落著一塊巨大無比的紅石頭，相傳是太初之時，女媧娘娘煉五色石補天遺留下的，被她隨手丟在了太行腳下的荒原上。又相傳，女媧娘娘補天缺、立四極、止洪水、殺黑龍之後，見四野荒蕪了無生氣，於是就在天母河邊日夜不停摶泥做人。從那時候起，才開始有了眼前這個無數生靈你來我往的世道，千年萬載，生生不息。因為有這塊女媧娘娘的巨石擋路，清沙河、濁沙河不知費了多少周折，發過多少次洪水，無奈，這塊巨石就是紋絲不動。非但不動，年深日久，反而還在自己身後漸漸聚起一片灘塗。洪水年年發，灘塗年年長。不知何年何月，愈來愈大的灘塗荒地上雜草叢生、蘆蕩遮天，先有鳥獸，後有人煙，飲食男女們壘壩擋水，開荒種田，聚族而居，就有了天石村。天石村的人把這片灘塗叫做娘娘灘。早年間，人們只是對著那塊巨石燒香敬拜。後來，天石村的人在天母河兩岸廣募銀錢，請來能工巧匠，在那塊巨石上大興土木鑿石不止，堅持不懈、歷時數載，為女媧娘娘修建了一座壯偉古樸的石頭廟宇，除了屋頂用的是瓦，門窗和椽檁用的是木料，其餘都是石料，豆青色的石柱石梁，絳紅色的條石壘牆，在大殿正門的青石門額上刻著蒼老遒勁的四個隸書大字：

天母聖殿

門額兩邊的青石立柱上鑿刻了一幅讚頌女媧娘娘的對聯：

煉石補天斷鼇立地濛鴻元始賴聖品

積灰止水摶泥做人子民萬代念母恩

自從廟宇建成之後，信眾雲集，香火繁盛。天母河兩岸的百姓都把它叫做娘娘廟。後來，經過歷代翻修，又在正殿兩側加蓋了廂房，在廟宇正門的石階下修了八角獻亭。早年間，還有道士住在廂房裡，擊磬念經，照看香火，與人算命。

娘娘廟正殿前的廊簷下立著幾通重修廟宇的石碑，其中最老的一通石碑是北宋嘉佑三年的，八百多年的雨浸風蝕古碑上已經字跡漫漶，但是依稀還可以認出……始建……永始元年……的字樣。永始元年，是西漢皇帝漢成帝的年號。這一片依稀漫漶的字跡，不知引出過多少文人墨客對兩千多年歲月的慨嘆——壯闊簡約、雄風萬里的大漢朝，到頭來也不過就是這虛影依稀真假難辨的一片浮雲。

在雍正五年編纂的《東河縣誌．藝文志》裡，記載了在天母河兩岸流傳的一首古老民謠，歌唱這座壯偉古樸的神廟：

> 蒼山遙遙，大河滔滔，
> 天石橫落，神宇如嶠。
> 太行莽莽，清濁茫茫，
> 石舟不沒，神宇如崗。

這首古歌就像石碑上那片依稀漫漶的字跡，到底流傳自何年何月，到底有多麼久遠，誰也說不清楚。縣誌裡也只說它，歌風古遠，傳唱歷久，始自何時已不可考。

娘娘廟正殿大門的牆壁上左右分列鑲嵌著兩塊村約石碑，一塊上刻著娘娘廟的廟產十畝旱地所在方位，丈量尺度，由各戶輪流耕種，也可出錢請人代耕，所有收成都要立冊記帳，這些收入只可以拿來供給廟內日常香火、房屋修繕和迎神節的開銷。另外一塊碑上刻著迎神會的會首三年一選，由村裡公推的長者提名，在神像前抽籤選定。當選會首承擔神廟日常和節日的一切雜務。有了銀錢和人員這兩項最為凡俗瑣碎的規矩，就此保證了神廟的香火千年不斷。說到底，滋養了神仙境界的無非還是人間煙火。就像廟宇大門外的那兩株老銀杏，之所以能站在清風白雲裡閱盡人間千年滄桑，是因為有根鬚扎進泥土裡生生不息。

娘娘灘還有一項最為奇特的景觀：因為清沙河、濁沙河每年雨季都有山洪下瀉，誰也料不準哪一條河裹挾了泥沙的洪水更大，於是，娘娘灘有的時候東面泥沙淤積更多就和東岸相連，有的時候西面泥沙淤積更多就和西岸相連，當然，更多的時候是兩河夾灘，娘娘灘就變成一個孤島。如此一來，娘娘灘就成了一個三年歸河東，三年歸河西的地界，天石村也就成了一個兩府三縣都管也都不管的村子。為爭奪娘娘灘的管轄權，歷朝歷代兩岸的官府、民間鬧出無數的紛爭、糾纏。倒是天石村的百姓樂觀其事——這讓他們少繳了不知多少稅銀，少應了不知多少勞役。天石村的百姓們心裡暗自慶幸，都認定這是女媧娘娘降給天石村的恩典。

每年春天第一次打雷的日子，被認作是女媧娘娘的補天日。此後，就是連續三天的迎神節。要把女媧娘娘的神像從廟裡請出來，放在一副紅綢紮花的木架上，由八個年輕男子抬架遊街。這抬神架的八個小夥子必須都是童身男子，而且生辰八字要四個屬土命，四個屬水命。這八個童男被叫做抬童，是在女媧娘娘的神像前抽籤選定的。女媧娘娘的神像後面，是一乘用桃李二木做出來的轎子，轎子裡坐一位兒女雙全家丁興旺的婦人，這個婦人一定要長得飽滿福氣。因為女媧娘娘又稱木德王，所以這個婦人的生辰八字要屬木命，為的是和抬童們聚在一起取一個水土兩旺、桃李滿枝的吉利。這個坐在轎子裡的婦人被叫做子孫婆，也是抽籤選定的。跟在轎子後面的照舊是高蹺旱船、各種扮相，表演的都是女娃娘娘煉石補天、斷鰲立地、積灰止水、摶泥做人的場面；還要有鑼、鼓、笙、弦、笛、管、鈸的八音會奏樂助興。迎出來的女媧娘娘神像，第一天停在娘娘廟前的八角獻亭裡，供人們燒香、許願、佈施。後兩天還要乘船過河，走村串鎮，每到一地都要停下片刻，讓人們燒香獻祭。所到之處都是萬人空巷熱鬧非常。女孩子們都擠到前面伸長脖子，想看看那八個抬童長得有多俊。男人們都踮著腳尖，想看看子孫婆到底奶有多大、胯有多寬，到底多麼有福氣。在這三天裡，天母河兩岸的女人們都要趕來進香，甚至有人不遠千里專程趕來，住在天石鎮的客棧裡，等著打雷之後再過河來進香許願。自從有了這個風俗以來，就有一個人人心照不宣的信念：凡是迎神節這三天來進了香、許了願的女人，當晚行房必得貴子。還有一個人人都信守不移的規矩，這三天，家內家外一切事情都由女人做主，尤其是行房的事情也要一切都按照女人的意願做。所以每到迎神節，凡是結婚成家的女人們，都要提前打掃居室，焚香沐浴，為自己好好準備。一年三百六十五天，只有這三天，才是女人們真正的節日。這是女媧娘娘給天下女人的恩惠。所以，天母河兩岸的女人們都是女媧娘娘最虔誠的信徒。而且，在這些虔誠的女人中間還極為祕密的流傳著一卷叫《十八春》的繡像圖卷，和男人們的春宮圖不一樣，《十八春》的圖案都是用細如髮絲的金線繡出來的，描繪的都是專為女人所用的房中密事，講的都是採陽補陰、取精結胎的妙法，女人們只要依圖行事，生男生女隨心所欲。《十八春》只能女人傳、女人看，男人只要看了必定損折陽壽、斷子絕孫。這卷繡像在天母河兩岸的女人手裡代代相傳，拿了這卷繡像的女人容顏不老、長命百歲，是女媧娘娘的在世傳人。所以，天母河的女人中間還有一個只做不說的祕密，但凡有長壽的女人去世，在她下葬之前，家族裡的女人們都要為死者淨身，這個淨身的過程，也是一場縝密的搜尋，一代又一代的女人們，都渴望能親眼看到這卷神奇的繡像，都渴望能得到容顏不老、長命百歲的祕訣。誰也說不清，久遠的渴望什麼時候變成了永恆的信仰。

因為女媧娘娘給了女人們三天的希望，又為了把這個希望再延長一點，每年迎神節之後，當選了本年子孫婆的婦人會得到女人們特別的尊重。為了答謝大家，也為了把多子多孫的福氣分給大家，子孫婆要剪出一滿笸籮紅紙娃娃放在自家門前，任由人取回去貼在自己家的炕頭，一能保佑孩子平安長大，二能保佑女人順利生養。每到這個時候，熱心的女人們都會趕來幫忙，聚在一起各顯神通，剪刀飛舞之下，大紅紙上變出無數活靈活現的紙娃娃，男女各異、千姿百態，只差不會喘氣、不能說話。天母河的女人們為自己的這個風俗取了一個很直白的名字就叫女兒會。在把自己的紙娃娃散遍鄉間的同時，女兒會的女人們聚在一起喊喊喳喳說得最多的就是《十八春》。老輩人嘴裡的繡像被說得活靈活現，手巧的，還會拿起剪刀邊說邊剪，把一招一式當場剪出來給人看。說的人氣定神閒，聽的人耳熱心跳。託女媧娘娘的福，天母河的女人們每年三天聚在一起，把自己的節日過得神采飛揚。

天母河的女人們沒有想到，她們的女兒會有一天會遇到一個叫高維諾的男人。聽村裡的男人們說，高維諾是從很遠很遠的地方來的，那地方叫西洋，西洋有一個國叫義大利，西洋人大都是金髮碧眼。金髮碧眼的高維諾主教說他是接受天父的使命來到天母河的，他要遵照天父的意願把天母河兩岸的人先帶進教堂，再帶進天堂，男人、女人都帶。

在經歷了一整年的乾旱之後，光緒二十五年的冬天寒冷異常，狂風不斷輪番肆虐，恨不能把顆粒無收的荒原一口吞進萬里冰天。在求拜過所有的神靈之後，災難仍然沒有絲毫停止的跡象。毫無指望地等待死亡比死亡還要可怕。眼看一場大飢餓就要沒頂而來，神靈們的無動於衷，讓絕望像瘟疫一樣在人群裡蔓延。人們的眼神愈來愈像無助、慌亂的獸群。

第二章　娘娘廟

一

自從做了天母河教區的主教之後，萊高維諾神父就發現，天石村的娘娘廟簡直就是他邁不過去的一座高山。以他在中國十幾年的傳教經驗，女人往往是一個家庭，一個村落最早的突破口。因為在中國，兩千年來，在孔子和祖宗的牌位下面從來就不擺放女人的心願，女人從來都是附屬物，甚至不可以被當作完整的人。所以，只要付出一點點同情心、拿出微薄的家庭救助、給予簡單的醫藥治療，都會讓原本就沒有什麼地位和信仰的女人們走進教堂。可在天母河大不一樣，任何一個女人，只要一聽說要她放棄對女媧娘娘的信任，要她今後不許再到娘娘廟去跪拜燒香，馬上就會像波浪鼓一樣搖起頭來。要她們不信仰女媧娘娘，就好像是直接剝奪了她們的性別，剝奪了她們作為女人生育的權利。

記不清有多少次了，萊高維諾主教隔著河岸遠遠看見娘娘廟高聳的身影，他都在想一個同樣的問題：那個建築只不過是人類文明史上原始期的一個標本，充其量是幼稚和無知的遺存物，就像一截無用的盲腸。什麼時候才能有機會拆除這座簡陋的異教神廟，在那個高高的石臺上為主蓋一座莊嚴美麗的殿堂。

兩年前，萊高維諾主教和那座神廟打過一次交道，那幾乎是一次徹底的失敗。正是這次失敗，讓他領教了對手的力量，領教了異教徒們難以改變的奸詐本性。

兩年前的秋天，住在天石村下村的喬、秦、高三姓的六十五口人，提出要三個家族一起全都受洗入教。他們希望能從此受到教會的保護，不再受張姓家族的欺辱。住在天石村上村的張姓家族是天石村最大的家族，也一直主持村裡的一切事物。上村地勢高，土地肥沃，不容易遭受水災，下村地勢低，到處是水窪、沼澤，幾乎年年都要被洪水困擾。最讓下村人難受的是，每當汛期來臨，上村人就提前修築擋水的順水壩，被阻擋的洪水越過順水壩之後就在下村的土地上四下橫流、到處氾濫。許多年來，下村人都在懇求，希望能把順水壩再修得長一點，把下村的土地也保護起來，可張氏家族的人就是不肯答應。不答應的理由很簡單：這是祖輩傳下來的規矩，壩修長了，灘就不長了，灘就成了死灘。

喬、秦、高三姓的族長們向萊高維諾主教保證說，只要入了教，他們三家願意獻出一塊三畝大的田地，給教會修建教堂用。求勝心切的萊高維諾主教毫不猶豫地答應了他們，並且立即動工，趕在上凍之前在那塊捐出來的土地上蓋起了一座小教堂。那一年的耶誕節，萊高維諾主教就是在天石村小教堂度過的。他專門帶著張馬丁一起來為天石村的教民們做平安夜的彌撒。可是，第二年的夏天，第一場洪水就衝垮了教堂。當他再次帶著張馬丁匆匆趕到的時候，面對著那一片碎磚亂瓦，他聽見的都是對張家人的指責。他們說壩歪一寸水歪一丈，都是因為張家人把上游的順水壩故意修歪了，才沖毀了新建的天主堂。到了那一刻，他才忽然明白，這些拖著長辮子滿臉木訥、愚笨的農民，並不像他們的表情那麼憨厚——他們是特意挑選了這塊最容易被洪水淹沒的田地捐出來的，為的就是讓教會和張家人直接陷入面對面的糾紛，他們就是想借用教會來整治張家。用他們自己的話說，這叫借刀殺人。

萊高維諾面色鐵青地指著那一地的碎磚亂瓦，發問：「你們現在敢對著天父起誓嗎？」

天石村的教民們臉色慌張地看著高主教。

「你們敢對天父說在建教堂之前，你們並不知道這是一塊最容易被水淹沒的田地嗎？」

所有的人都低下頭來。沒有人敢回答。

「你們用一塊最危險的土地捐出來欺騙的不是我，是我們的聖父！你們這些狡詐的異教徒的本性真的就不能改變嗎？連獻給天父的禮物你們都敢作假、都敢欺騙，你們還有什麼邪惡的事情是不敢做嗎？難道你們就真的不怕地獄之火嗎？」

萊高維諾痛心疾首地在那一片廢墟前跪下來，淚流滿面：「聖主呀，原諒我們的罪孽吧！讓我們骯髒的靈魂在地獄之火裡煎熬吧！我向祢發誓，我們一定要加倍地償還祢……一定要讓天石村響起教堂的鐘聲！」

所有的人都流著眼淚，跟著高主教跪下來向天父懺悔。在萊高維諾的記憶中，那是他來到中國十幾年的傳教生涯中，最感人、最真誠的一次懺悔。萊高維諾也就是在那一次第一次認識了張天賜。

在返回天石鎮的擺渡船上，那個搖槳的梢公嘴角上一直掛著一絲嘲諷的微笑。船到河心的時候，梢公問道：

「都說你就是高神父、高主教，是你吧？你是姓高唄？」不等回答，他轉過身來抬手指著那座廟宇又問，「高神父，你知道不知道我們天石村的娘娘廟在那塊石頭上站了多少年了？你知道不？」

萊高維諾主教有點警覺起來。

梢公轉手指指自己的鼻子，「我姓張，我叫張天賜，我是天石村迎神會的會首。我告給你說，那座廟少說也有兩千年了……忒長啊！那不是我瞎說，那都在石碑上邊刻著呢！我跟你說呀，這天無二日，朝無二主……你聽不明白呀，這麼跟你說吧，就是他媽屄的一個家裡頭不能有兩爹，一個槽上它不能拴兩驢！我們天石村也不能再有第二個廟！你們都看見了吧，連老天爺也不答應這個事兒！你們洋教堂剛蓋起來，就他媽給你們推倒了……你不信就試試，再蓋，還是個一水推！老天爺不答應！」

萊高維諾不動聲色地對視著張天賜的眼睛，「我也告訴你，我們的教堂一定要蓋起來！」

張天賜不屑地翹起嘴角來：「行，我等著，我等著看看日頭到底兒咋兒就能打西邊兒出來。」

萊蓋維諾還是不動聲色，「你是異教徒，你不知道什麼叫天主的力量。」

張天賜也還是不屑一顧，「你是洋人，你壓根兒不知道我們的娘娘廟為啥就能站在那塊石頭上千年不倒。你更不知道娘娘廟的根是扎在哪兒的……」

萊高維諾主教提高了聲音，「總有一天，我們的教堂要蓋在那塊石頭上！」

張天賜叫起來：「姥姥——，你就吹牛屄吧你，除非天母河的水朝西流，除非太行山都塌進海裡頭，你就吹吧！」

萊高維諾主教沒有想到，光緒二十五年的大旱災幾乎讓他實現了這個夢想。

隨著飢餓開始蔓延，死亡和恐慌也開始瀰漫在天母河兩岸。倒斃在路邊的餓殍，和圍在屍體旁邊的野狗，讓所有的人都看到了自己的下場，都知道自己已經站在地獄的門口了。除了不可思議的搜尋食物之外，人們已經不再談論任何別的話題。為了活下去，已經有人開始趁著夜色，從無人認領的屍體上砍下大腿、割下肉塊。死亡的絕望讓所有人的眼光都變得像野獸一樣寒光閃閃，每個活著的人也都同時被別人看做是可以利用的食物。就是在這樣的情形下，萊高維諾主教主持的大規模賑災活動，成為了活下去的希望。萊高維諾主教命令自己教區的所有神職人員全力投入賑濟災民的活動。必須要在所有官府的賑濟粥棚對面，設立一間更大的教會粥棚。除此而外，還要把賑災活動深入到每一個村子和集鎮的家庭。萊高維諾主教自己也身體力行，親自趕到每一個集鎮和村落，把糧食和錢發放到農民手裡。為了避免引發哄搶、騷亂和冒領作弊，他要求發放的糧食和銀錢必須由神職人員，或是本村的教民直接執行，把每一戶需要救助的家庭登記在冊，按照人口數量定額發放。所有的災民只需要親吻神父們脖子上懸掛的十字架，就可以無償領取糧食和銀錢。萊高維諾主教不辭勞苦，一個村子一個村子的走過去，很快，高菩薩的稱呼就在天母河兩岸傳開來。萊高維諾主教所到之處，成百上千的饑民們感激涕零地跪倒在地上，淚流滿面一遍又一遍地哭喊，高菩薩救命！高菩薩救命！高菩薩萬歲！高菩薩萬萬歲！

萊高維諾主教把掛在自己胸前的十字架高高舉起來糾正他們：

「孩子們，兄弟姐妹們，請你們記住，不是我，也不是菩薩，是慈悲的天主救了你們！你們今天得到了食物，有了活下去的希望，你們可以熬過這次可怕的旱災，但是你們不能熬過今後所有的災難，你們不能依賴別人的救助度過自己的一生。我希望你們記住，只有最終跟隨天主的人，才有希望獲救，才有希望走進天堂，獲得永生！」

生死之間是最容易看見和發生奇蹟的。因為賑災而得救的人們好像忽然間醒悟過來，就像奇蹟忽然發生了一樣，整個村子、整個家族，爭先恐後、心甘情願地走進了教堂，跪在十字架之下。興奮之餘，萊高維諾主教一直在留心娘娘灘上的天石村，因為被河水包圍，娘娘灘從來都是怕澇不怕旱。再加上天石村的農民有水源之便，依靠從河裡擔水、用牲畜馱水澆地，保留了四五成的收成，天石村是天母河平原上唯一沒有絕收的村莊。萊高維諾主教時刻都在看著那座神廟，時刻都在估量這場大饑荒什麼時候才能真正淹沒它。萊高維諾主教萬萬沒有想到，等到機會再一次來到眼前的時候，是那麼的出人意料又難以接受。他更沒有想到，這機會最終竟然變成了一場惡夢。

為了等來一場救命的雨，龍王、玉帝、佛祖、娘娘、關公、土地都求告過了，可就是不管用，所有的哀告、乞求都填不滿那個乾旱的深淵。於是，從那個恐怖的深淵裡生出一種絕然的悲憤，天石村絕望的農民們決定做一次惡祈。惡祈就是不再給神靈供獻上香，磕頭求拜，而是把神像抬出來在炎炎烈日下面遊街曝曬。八音會取消了，走旱船取消了，子孫婆的轎子也取消了，所有紅紅綠綠的擺設、裝飾全部取消，只留下黑白兩色。而且，八個抬童要用鐵筷子穿過兩腮。所有跟隊隨護的人都赤裸上身，不停地用麻繩抽打自己的前胸、後背。

走在隊伍最前邊的那個人，叫做苦人，渾身上下只紮一條遮羞布，手裡抓一束滿是針刺的荊棘，每到一地三聲砲響過後，來祈雨的人不再求告神靈下雨，而是要跟著苦人不停地詛咒、大喊。苦人把荊棘狠狠地抽打在自己身上，隨著冒出來的鮮血，領頭呼喊：

天不睜眼，生靈塗炭！
天無哀心，民無供獻！
蒼天殺人，百姓殺神！

鮮血和絕望中，一呼百應的嘶喊震天動地。

惡祈的那一天，天石村張家的幾個大戶捐出糧食，苦菜葉子加棒子糝兒熬的稀粥，麥麩子加棒子麵蒸的糠窩窩頭。讓所有的人吃了一頓飽飯之後，人們把女媧娘娘的神像抬出來，全村男女老少一起出動，都跪在碼頭邊的青石板上目送娘娘的神架出村。看著鮮血從親人的下巴上、胸膛上、後背上淌下來，從鐵筷子尖上淌下來，碼頭上一片哭聲震天。

惡祈的農民們並不知道，這一天是聖母升天節，萊高維諾主教正在天石鎮天主堂裡主持升天節的瞻禮彌撒，四周鄉鎮的教民們紛紛趕到天石鎮來望彌撒。萊高維諾主教早已經發現，天母河的教民特別鍾愛聖母崇拜，或許是因為在他們內心深處聖母和女媧娘娘和菩薩都是相似的女神。他甚至想到，也許在天石村修建一座聖母堂就不會有那麼多的困難和反對。

惡祈的隊伍來到天石鎮的時候，周圍村子裡的農民和所有逃荒乞討的人，都漸漸聚集起來跟在這支絕望的隊伍後面。炎炎烈日燒烤著大地，絕望的煙塵在人們腳下滾燙地翻捲升騰。鮮紅的血跡，很快就被烤乾，變成紫黑的血塊。包裹著白布的神架經過天主堂門前的時候，忽然有人高喊：

「天無雨，地焦旱，全是教堂止住天……鄉親們，這他媽洋鬼子們黃毛綠眼睛專門傳洋教害人，惹惱了老天爺，害得咱們爺們兒沒法兒活呀……」

憤怒的回應狂風暴雨一樣颳過人群：「著呀——著呀！說得對著哪！這他媽的洋教堂就得給他拆嘍啊——！」

教堂的大門外邊聚集了許多聞訊趕來的教民，大家似乎預感到了什麼，早已經把教堂團團圍住。其中有人高喊著回應：

「你們不要昧了良心說話，不是高主教賑災的糧食，你們能活到今天呀？你們多少人吃過高主教的糧食啊，都忘啦？天主救了你們多少人哪？」

「真要救人，你的那天主咋兒他媽的不下雨呀？沒見把人都活活旱死啦？」

惡祈的呼喊聲突然排山倒海一般爆發出來：

天不睜眼，生靈塗炭！

天無哀心，民無供獻！

蒼天殺人，百姓殺神！

蒼天殺人，百姓殺神……蒼天殺人，百姓殺神……蒼天殺人，百姓殺神……殺呀，全他媽㞞的殺了吧，今天不死明天死，橫豎是個死……早死早托生……殺呀——殺呀……

一瞬間，喊殺聲山搖地動的淹沒了天石鎮。

萊高維諾主教就是在那一片山搖地動的喊殺聲裡，打開大門走出來的。萊高維諾主教一身盛裝，頭戴鑲嵌金邊的白色高冠，身披白色長袍，手持金色權杖，威嚴地站在教堂的石階上。在他身後簇擁著一群白袍加身的神父，手捧《聖經》的教堂執事張馬丁緊跟在主教身後。

先是教民們中間發出一片驚恐的呼喊，「高主教，高主教，你咋兒能這前兒出門來呢？高主教，要出人命啦，現在忒懸吶現在！」

緊接著，惡祈的人群裡也蕩起一片驚呼。跟著，全場肅然，鴉雀無聲。高主教那身華麗的裝束打扮，很像是戲臺上的皇帝、神仙。高主教的出現有點像是一個奇蹟，農民們被這個突然出現的，也是從來沒有見過的場面驚呆了。

萊高維諾主教從自己的胸前拿起金色的十字架，莊嚴地舉了起來：

「神聖的天父在上，信祂的就有福了，就獲救了，不信祂的必將受到懲罰，地獄之火必將為他點燃！」

接著，萊高維諾主教做出了他一生中也許是最正確，也許是最錯誤的舉動，一個本來在他面前敞開的可以召喚千百人的機會，卻不幸被他高舉的手關閉了。萊高維諾主教把舉著十字架的手高高抬起來，指向了人群裡的女媧娘娘神像，

「你們這些異教徒們，不要拿你們邪惡的偶像來玷污天主的神聖之地，所有詆毀天主的人，都必將被天父送進地獄！」

他的聲音，他臉上嚴酷的表情，讓在場的農民們立刻明白了他的意思。滿身血跡的張天賜從人群裡舉起手來指著萊高維諾主教質問：

「姓高的，你他媽的是要讓爺們兒們全都下地獄呀？你他媽瞎了眼啦，地獄還用你等著下嗎，眼跟前兒這就是他媽屄的活地獄！你狗日的真是站著說話不腰疼，你狗日的才是個又邪又惡的東西！」

正說話間，苦人突然又發出了呼喊：「……蒼天殺人，百姓殺神……蒼天殺人，百姓殺神……蒼天殺人，百姓殺神！」

「宰了那個咒人的洋鬼子吧……宰了那個千刀萬剮的洋雜種！」

呼嘯而起的人群突然湧向前去，石頭、土塊和不知什麼隨手抓來的東西，驟然間騰空而起，疾風暴雨一般傾瀉到天主堂的臺階上。就在那個生死的瞬間，張馬丁猛然撲到前邊來用自己的身體遮擋住了萊高維諾主教。接著，一塊鵝卵石像子彈一樣擊中了他的額頭，噴湧而出的鮮血立刻遮蓋了他的臉，應聲倒地的同時，他又被湧上來的人群踩在了腳下。雜亂中有人呼救，

「別踩啦，別踩啦……快救救命吧，張執事叫人給打死啦……」

等到孫孚宸帶領衙役、捕快們聞訊趕來的時候，一切都已經結束了。暴風雨之後的空場上，一片狼藉。碎石、土塊和被拋棄的雜物之間，灘著幾片血跡，亂丟著十幾隻鞋，橫陳著兩具無人認領的屍體。有幾條狗在零亂的寂靜中來回遊蕩。忽然，從死一般的寂靜中傳出來齊唱的歌聲：

聖母瑪麗亞，天堂上的媽媽，
祢是大能的貞女，祢是教友的助佑，
求祢保護教宗，求祢保護聖教會，

求祢保護司鐸，求祢保護我們。
聖母瑪麗亞，可憐我們吧，
聖母瑪麗亞，救助我們吧，
我們一心依靠祢，呼救祢，
進教之佑，為我等祈。

悲傷、悠揚的歌聲裡，捕快和衙役們驚訝地睜大了眼睛。孫孚宸環顧四周，發現了幾個還留在現場看熱鬧的流浪漢，隨即命令：

「陳五六，還不快點給我捕人！」

陳五六從歌聲裡回過神來，「回大人，要小的們捕哪一個？」

孫孚宸不耐煩地隨手一指，「就在眼皮子底下還看不見麼？」

陳五六恍然大悟，帶領捕快們一擁而上給幾個流浪漢帶上了枷鎖。

孫孚宸一看到現場，心裡就已經估算出這場教案之爭的結局——既然出了人命，就得有人抵命，這種聚眾鬧事的案子最為棘手、最難做到的，就是查明兇手。千百人群起而攻之，你到底能抓誰來當作兇手抵命？弄得不好，糾紛的雙方都會拿自己這個判案子的人來出氣。最好的結局就是抓幾個不相干的人來抵命，爭鬥的雙方都不必真正為這件事情再付出代價，這樣大事化小，不是兩全其美而是三全其美，對上、對下、對自己都有個說得過去的交代。

但是，孫孚宸押解著自己抓到的人犯回到縣衙還沒有坐熱椅子，萊高維諾主教的轎子已經來到了眼前。萊高維諾主教要孫知縣和自己一起回天石鎮教堂，去當面查驗張馬丁張執事的屍身。高主教一再聲稱他不會上當，他絕不會接受用那幾個叫花子來做替死鬼，他一定要讓天石村迎神會會首張天賜承擔懲罰。

在天石鎮教堂親自查驗過張執事的屍身之後，孫孚宸再次試探著詢問：

「高主教，我們中國有句話叫冤家宜解不宜結，以下官看來，還是息事寧人、大事化小為上上策，殺幾個叫花子頂了罪名把事情擺平，今後大家都還有轉身的餘地……」

萊高維諾主教沒有立刻回答，孫孚宸正待要開口再問，卻忽然看到高主教臉色慘白、渾身顫抖著無法開口，半晌，高主教才從悲絕中掙扎出來，他伸手撫摸著張馬丁冰冷的額頭問道：

「孫知縣，你知道張執事現在用的這口棺材是誰的嗎？」

孫知縣搖搖頭。

「這口棺材是我特意從義大利帶來的，是專門為我自己準備的，我已經決定不再回歐洲，不再回國，我已經決定就死在天母河。」

孫知縣小心地接過話題：「這麼說高主教為傳福音已然視死如歸了。」

萊高維諾主教又問，「孫知縣，你知道現在躺在棺材裡的這個人是誰嗎？」

孫知縣又搖搖頭。

萊高維諾主教忽然老淚橫流，「……這……這是我的兒子……這是我的兒子……」

孫知縣驚出了一身冷汗，「高主教，高大人，下官有所不知……可下官聽說天主教的神職人員是不能婚配，沒有家眷的呀，高主教如何又能有這個兒子？」

隨著搖動的蒼蒼白頭，萊高維諾主教搖落了滿臉的淚珠，「是……他不是我親生的兒子，可他遠遠勝過親生的骨肉……這個孩子把他的生命交給我，和我一起來到中國追隨天父……孫知縣，難道你現在要我拿幾個不相干的叫花子來為兒子抵命嗎……你們已經習慣於作假，作假已經是你們生活的一部分，可我們不是，我們不能對天主撒謊，我們要終生遵守和天主的神聖約定……張天賜是天石村迎神會的會首，這次的祈雨集會就是他出面主辦的，那天的騷動也是他直接挑起的，現在有人被殺，他必須為這件事情負責！這件事情絕不能作假，絕不能再欺騙天主……這個孩子是為了救我而死的，這個孩子是為了他的信仰獻出了生命的，我不能允許有人再來玷污他的名譽！」

孫孚宸沒有料到事情如此的嚴重，他在心裡反覆斟酌，以他多年和洋人打交道的經驗，他明白此時此刻不是討價還價的時候，更不是頂撞的時候，只有將心比心才能說得進去話，於是，他滿臉凝重地推心置腹，

「高主教，朝廷多年前早已經和各國簽了約准許自由傳教，如今不只有貴國的方濟各會，還有大英國的浸禮會，葡國的多明我會，德意志國的聖言會，法蘭西國的耶穌會，美利堅國的公理會，都在天母河兩岸爭相傳教。你們來中土傳教不是一天兩天，也不是一年兩年，那是一椿百年大計。既是百年大計，就得從長計議。可是這一次，只要殺了張天賜，只要以命相抵，就是結下了血仇，如果貴會和本地百姓陷入血仇爭端，日後必定冤冤相報無止無休，遺害無窮，必定有礙於教法傳播……更何況，現在民間反對洋教已經熾烈成風，如果因為此案激發民變，我們大家都是承擔不起的。下官並非一定要偏袒自己的百姓，更不是要袒護兇手，實在是為高主教今後做長遠打算。」

也許是真的受到了打動，萊高維諾主教沉吟片刻，斷然回答：「只有一個處置辦法可以另外考慮！」

「高主教，請講。」

「這次事件的主謀、和隨從人員主要都是天石村張姓家族的人，是他們用女媧神像祈雨、聚眾鬧事引出的命案。去年他們就利用水壩沖垮了我們在天石村新建的教堂，這一次，只有讓他們拆除娘娘廟，在拆除原址上建一座天主堂，就可以不讓張天賜殺人償命。要麼殺人償命，要麼拆除娘娘廟重修天主堂，兩者必居其一。孫知縣，你不必為難，如果你辦不到，我就直接告到知府和總督大人那裡去！如果貴國政府辦不到，我就直接向大使先生報告！據我所知，不久前，德意志國在山東就是直接派遣軍隊來保護聖言會的教民和傳教士的！孫知縣，你肯定也不願意看到天石鎮教案鬧成一場國際軍事爭端吧？」

孫孚宸心裡一陣暗暗叫苦，表面上卻不動聲色地連連點頭：「不必，不必，高主教，這樣的事情不必上告，更不必貴國派遣軍隊，本官即刻就派人去天石村緝拿張天賜！請高主教放心！」

看著孫孚宸一行人走出教堂，萊高維諾主教又一個人返回到張馬丁的棺材旁邊，俯下身來親吻那張被他無數次地親吻過的臉，滾熱的淚水落在冰冷的臉上，像落在白色的石頭上，萊高維諾主教俯在張馬丁的耳邊一遍又一遍地問道，

「孩子……孩子……為什麼是你替我為主來獻身呢……為什麼……為什麼是你用了為我準備的棺材……」一面哭訴，萊高維諾主教對著祭壇上的十字架抬起頭來，「……慈悲的天父啊，燔祭的羊羔為什麼偏偏是我的喬萬尼呢……祢真的這麼快就要把他召回到祢的身邊麼……祢一定要留下我獨自一個人償還罪孽麼……祢為什麼要用這樣的方法考驗我……難道我真的還有什麼私心麼……」

蒼老絕望的哭問落進暗影重重的深處，空蕩蕩的教堂裡無人回應，只有祭臺上蠟燭的火

苗在黑暗的影子裡飄忽，擺動。

萊高維諾主教再次回到張馬丁的身邊俯下身去：「喬萬尼，我的孩子……我向你發誓，我向神聖的天主發誓，我一定要把那座教堂蓋好，我要用你的名字為它命名……我要把自己埋在你的教堂裡，永遠和你在一起……」

沉浸在悲痛中的萊高維諾主教恍惚間好像聽到有人在叫自己，他回過身來的時候看見了淚眼婆娑的瑪麗亞修女，

「瑪麗亞修女，你有什麼事情嗎？」

瑪麗亞修女把手中捧著的長袍舉起來，「主教大人，我答應過喬萬尼，將來在他做神父的時候，要親手為他做一件長袍參加授任聖職儀式……我想請你們等兩天再埋葬喬萬尼，等我把這件長袍做好，等我把十字架和花邊為他繡好……主教，我想在喬萬尼身邊做這件事，我想讓他看著我把袍子做好……喬萬尼活著沒能穿上我的長袍，我要讓這個孩子穿上它去見天主……萊高維諾主教……這個孩子是在聖母升天節為了主殉難的，他是跟著聖母一起升天的，天主一定會喜歡穿著神父長袍的喬萬尼……一定會的……請你們再等我兩天……」

萊高維諾主教不住地點頭，「瑪麗亞修女，……會的，仁慈的聖父一定會喜歡這個孩子的……」

二

就像是命中注定的，從到天石鎮的第一天，張馬丁無意間闖進一個傷心的祕密當中來。晚禱的彌撒開始之前，萊高維諾主教把張馬丁介紹給大家：

「兄弟姐妹們，這是聖主最忠實的僕人，從阿爾卑斯山下的瓦拉洛市聖保祿（聖保羅）修道院來的喬萬尼·馬丁修士，他的中國名字叫張馬丁……」

萊高維諾主教的話音未落，座位中間傳出一聲低低的呻吟：「聖母啊……他怎麼來了……」

接著，有人從座位裡滑倒在地上。在一陣慌亂中，他第一次聽到了她的名字，「瑪麗亞修女！瑪麗亞修女你醒醒，快醒醒！」

馬上，有人拿起了祭臺上的水瓶，把冷水淋在她的臉上。教會醫院的醫生馬修博士拿出隨身帶著的精巧的嗅鹽瓶，打開瓶蓋放在她的鼻子下面。昏暗的燭光和人影中，張馬丁看到了一張慘白、悲傷的臉，看到了額頭上細密的皺紋和散亂的白髮，被淋過冷水的臉上濕淋淋的，分不清到底是水珠還是淚珠。

很快倒在地上的瑪麗亞修女在嗅鹽的刺激下睜開了眼睛，看到人們一派驚恐、疑問的神色，她臉上露出極為痛苦的忐忑不安：「對不起……我沒想到會這樣……真是對不起大家……我好像突然想起了以前的事情……」隨即她中斷了話題，為了掩飾自己的失態，努力掙扎著想站起來。身邊的修女們紛紛伸出手來，卻被馬修醫生阻止了，

「大家先不要動，瑪麗亞修女，你現在需要再安靜地躺一會兒。」

眾目睽睽之下，瑪麗亞修女雖然停止了掙扎又躺下去，但卻分明更加無助地陷入在自己的忐忑不安當中，就像一葉扁舟無遮無攔地在疾風冷雨裡飄蕩。

在此之前沒有人知道瑪麗亞修女的身世，她也從來不向別人提起過隻言片語。人們看到的只是一個極為虔誠的修女，一個整天默默無聞辛苦操勞的人。在天石鎮天主堂，瑪麗亞修女的虔誠是出了名的，她的虔誠只能用兩個字來形容——苛刻。瑪麗亞修女在一切時間、一切事情、一切舉止上用超出教規教義的苛刻來對待自己。瑪麗亞修女的本職工作是教會醫院的護士，可是一年四季、每日每時，她永遠都在忙碌，醫院、育嬰堂、教堂、廚房，到處都會看到她忙碌的身影，她好像一支不知疲倦、永遠燃燒著的蠟燭。有人曾經多次問過她，為什麼要這樣，瑪麗亞修女從來都是冷靜地只回答一句話：「只有這樣天主才能成為我的全部

和唯一。」

顯然，剛才瑪麗亞修女突然暈倒在了自己的虔誠之外。張馬丁本想上前對瑪麗亞修女說幾句安慰的話，可看著雜亂的人們，他忍住了自己的震驚和感動，就那樣靜靜地站在人們身後，注視著被悲傷擊倒的瑪麗亞修女。他是在後來一次單獨相處的時候，才有機會表達了自己的歉意：

「瑪麗亞修女，我真的沒有想到，因為我讓你想起那麼傷心的事情。」

瑪麗亞修女掩飾道：「沒有關係，喬萬尼修士，是我自己不好。那都是很久很久以前的事情了……我本來以為自己已經忘記了。」

「對不起，瑪麗亞修女，我不該再次提起你不想回憶的事情。」

瑪麗亞修女抬起眼睛看著他，「孩子……我可以這樣稱呼你嗎，孩子……」

「瑪麗亞修女，謝謝你給我這樣的感情。」

「孩子……那天傍晚，你讓我想起了我的兒子洛尼亞，他已經死了很多年了……本來以為進了教會與世隔絕就會忘記一切……看來做母親的，永遠也不會忘記自己的孩子……」說著瑪麗亞修女在胸前畫起了十字，「聖母作證……我並非不忠於天主……聖父愛他的孩子，我也愛自己的孩子……我之所以放不下這件事情，只是因為害怕，我怕如果我不記著洛尼亞，這個世界上就永遠不會再有別人記著他了……」這樣說著瑪麗亞修女的眼眶裡盈滿了淚水，「……喬萬尼修士，我知道，我不是聖徒，也不配做聖徒，我到底只是個普通的母親……」

張馬丁感動地握住她的手，「瑪麗亞修女，你不要解釋，做母親是沒有錯的，無緣無故的愛不需要理由……」

瑪麗亞修女抬起眼睛來，「修士，你真這樣想？」

「真這樣想。瑪麗亞修女，我是孤兒，從來就沒有體會過父母之愛。原來我還覺得自己是幸運的，覺得自己得到了比父母之愛大得多的愛，現在我終於明白一個孤兒很難真正懂得什麼叫父母之愛，那天傍晚，你讓我第一次真正看見了母愛的力量有多大……這讓我忽然想到，在此之前我根本就不懂得，天父為了拯救我們而獻出自己的兒子是一種什麼樣的煎熬和愛……」

突然間，瑪麗亞修女抽回手來，捂住了自己的臉，淚水從指縫裡止不住地流下來，「……孩子，你沒有做過母親，你不知道這力量叫我多麼難過……如果不是教堂的圍牆，也許我早就不在人世間了，活著對我早已經成為一種煎熬……修士，我一直在擔心到底能不能把自己的生命真正的獻給天主，而不是留給我自己……」

「瑪麗亞修女，我們從遙遠的義大利來到中國，我們早已經把自己的一切都獻給天主了，這不需要你用忘記兒子來證明。」

一面說著，張馬丁把哭泣的瑪麗亞修女擁抱在自己的懷中。就在那一刻，晚禱的鐘聲舒緩地響起來，噹噹作響的鐘聲從高高的鐘樓上傳出來，沉穩地向炊煙升起的村莊和空曠的田野散去，持續舒緩的鐘聲，把人的身心整個包裹在微微的震盪之中，包裹在溫暖的勸說中。一切都是多餘的。張馬丁和瑪麗亞修女一起沉浸在被夕陽溫暖的鐘聲裡。

從那以後，他們之間有了一種不言而喻的情感和信賴。

裝著張馬丁屍身的棺材就放在聖母瑪麗亞畫像的腳下，祭臺上的蠟燭一直為他點燃著。三天之後，瑪麗亞修女終於把那件長袍做好，繡好了長袍上的十字架。瑪麗亞修女決定把張馬丁的臉清洗一下，再把長袍給他蓋在身上。當她嘆息著把打濕的冷毛巾輕輕敷在額頭的傷口上時，忽然覺得張馬丁的身體抽搐了一下，瑪麗亞修女驚恐萬狀地拿開了毛巾，為了不使自己倒下去，她緊緊抓住了棺材，渾身戰抖地對著屍體發問：

「喬萬尼……喬萬尼……難道你活過來了嗎……孩子，你真的又活了嗎……萬能的主呀……」

在一派模糊不清的暈眩中，張馬丁的眼睛裡先看到一朵晃動的燭光，接著，他轉了一下乾澀的眼睛，在一陣哭聲裡又看見了瑪麗亞修女淚流滿面的臉，渾身上下僵硬得像一塊木頭，手和腳都好像是被繩子死死地捆綁在一起，他拚盡全力地想張開嘴說話，最終，只從微微張開的縫隙裡發出一陣沙啞模糊的聲音。瑪麗亞修女俯下身來抱著他泣不成聲：

「慈悲的聖父呀……慈悲的聖母啊……怎麼會有這樣的事情發生，喬萬尼，喬萬尼我的孩子，你是怎麼從死裡復活的呀……難道你真的看見天主了嗎？是祂讓你回到我身邊的嗎……萬能的聖父、聖母啊……感謝祢們，感謝祢們讓奇蹟真的發生在我眼前……我以為只有耶穌才能復活，可萬能的主讓我的喬萬尼也復活了……你們來看呀，大家快來看看呀……」

教堂裡的人們在瑪麗亞修女的哭喊聲中跑了進來。三天前站在棺材邊，給張馬丁執事做過敷禮和安魂彌撒的人們，激動萬分、驚慌失措地跑了進來，大家都被眼前的情景嚇呆了，一起跪在十字架下，哭倒在眼前的奇蹟裡。

從此，瑪麗亞修女心裡總是對張馬丁執事有一種莫名的敬畏。事後在教會醫院裡治療養傷的過程中，她一次又一次地看著那張熟悉的臉發問：

「喬萬尼，你到底在那邊看見了什麼？」

「瑪麗亞修女，我真的什麼也沒有看見。」

「可是，你真的死過……我不相信死和生是一樣的，你好好想想，你肯定是看見了什麼。」

張馬丁笑笑，「如果一定要說，那我只看見了一片像深淵一樣的黑暗……」

「你仔細想想，黑暗裡就再沒有別的嗎？」

「沒有。等我從黑暗裡第一眼看見燭光的時候，就看見了你的臉，我還以為是看見了聖母瑪麗亞……瑪麗亞修女，馬修博士說我這是醫學上的假死現象，可我覺得他說的不對，是你的長袍救了我，不然的話他們已經把我埋葬了。」

不知有多少次了，每當說到這一刻，瑪麗亞修女都會流著眼淚嘆息，「喬萬尼，喬萬尼，我以前從沒有看到過奇蹟，也不知道該不該相信奇蹟……可你是個奇蹟，我第一次看見你，就覺得是一個奇蹟……喬萬尼，是你讓我看見了真正的奇蹟！」

和別人的狂喜驚訝不同的是，萊高維諾主教保持了超乎尋常的冷靜。在人們一片驚訝的混亂中，他下令立刻把張馬丁從棺材裡抬出來，送進教會醫院的單獨病房，請馬修博士全力搶救。緊接著，萊高維諾主教手持《聖經》，冷靜堅定地走上佈道台，

「兄弟姐妹們，今天我們有幸一起親眼見證了奇蹟，今天我們有幸一起親眼見證了天主超乎生死的慈悲和萬能！我想告訴你們的是，張馬丁張執事已經在三天前的教案鬥毆中被人用石頭打死了，東河知縣孫孚宸也已經在三天前親自查驗過屍身，這次天河鎮的教案已經成

為定案，一切都已不可更改，明天我們將在教堂墓地按照先前預定好的，繼續舉行張馬丁執事的葬禮。被異教徒們行兇殺死的張馬丁執事是為了天父而獻身的，是在聖母升天節和聖母瑪麗亞一起升天的，我們沒有理由，也不可能讓張馬丁執事再死一次。現在，任何人都不可以在教堂之外談論張馬丁執事復活的事情，任何人也都不可以再和張馬丁執事本人談論這件事情。等到喬萬尼的傷養好之後，我會和喬萬尼親自講明原因。很快我們就會看到張馬丁執事的死是有價值的，天主最忠誠的僕人不可以被異教徒白白殺害，異教徒們必須為他們的行凶付出代價！異教的廟宇必將在天主眼前塌毀，邪惡的異教偶像必將在天主眼前粉碎！冥頑不化的異教庸眾必將睜開眼睛拜倒在天主腳下！今天，我們見證了一個人的奇蹟。明天，我們將見證天主的地上天國！」

悲壯和崇高讓萊高維諾主教熱血沸騰，聽眾們分明從萊高維諾主教堅定不移的宣講中感受到如火的激情。親眼看到的奇蹟讓所有人的內心都光輝瀰漫。最後，萊高維諾主教手捧《聖經》，來到那具剛才還躺著奇蹟的棺材跟前跪下來，平常熟背如流的經文，此刻像是被霞光照亮的瀑布噴湧而出：

「弟兄們，我告訴你們說，血肉之體不能承受天主的國。必朽壞的不能承受不朽壞的。我如今把一件奧祕的事告訴你們，我們不是都要睡覺，乃是都要改變，就在一霎時，眨眼之間，號筒末次吹響的時候。因號筒要響，死人要復活成為不朽壞的，我們也要改變。——阿門。」

隨著萊高維諾主教的引導，往日裡曾經被大家無數次地重複過的「阿門」響徹了教堂的大廳，往日裡沉睡的心靈彷彿都在此刻的讚頌聲中被刻骨銘心地喚醒。萊高維諾主教的聲音因為激動而顫抖起來，

「兄弟姐妹們，今天，我們親眼見證了聖父的萬能。今天，我們親眼見證了聖父的揀選。張馬丁執事被聖父選中為了傳播主的聲音而復活，短暫的生命將會因為跟隨永恆的召喚而永生！自從面對著十字架發出誓言的那天起，我們的生命就不再屬於自己，只屬於萬能的天主。我們別無選擇，只能為天主而生，為天主而死。今天，這個被我們親眼見證的奇蹟將會使天石鎮天主堂永載史冊，將會使天母河教區永載史冊！這不是因為卑微的我們，而是因為聖主的照耀！

「哈利路亞，哈利路亞，哈利路亞……」（注）

第二天，在一場肅穆的葬禮之後，一口棺材下葬了，教堂墓地裡豎起一塊嶄新的花崗岩墓碑，簡樸的墓碑上用拉丁文、中文兩種文字雕刻了碑文：

此處埋葬著天主最忠誠的僕人張馬丁執事
他來自遙遠的阿爾卑斯山腳下瓦拉洛市聖保祿修道院

基督之後一八九九年八月十九日

注：「哈利路亞」意為「讚美主」。「以馬內利」意為「與神同在」。「阿門」意為「是這樣的，確實如此」。這三句是天主教徒最為常用的祈禱用語。

三

在給叫花子們都帶上鐵鎖，又用麻繩把他們連成一串之後，陳五六衝著叫花子們笑了笑：

「這倒好，吃上皇糧了，省得你們再伸手要了！走吧——！」

叫花子們也笑，「官爺，開恩！各位官爺多多關照！給您各位官爺添麻煩啦！」

陳五六冷下臉來，「別跟我耍貧嘴！走！」

正要轉身的時候聽見有人喊：「……大表舅……是大表舅不是？」

陳五六沒有在意，正了正自己掛腰刀的腰帶。猛然看見隊伍裡一個蓬頭垢面的叫花子揪著繩子衝到面前，對自己跪下大聲哭喊起來，

「老天爺睜眼了不是……大表舅，是我呀，我是您大外甥百成呀，前年個臘月裡兒我跟我爸來這邊賣門神畫兒，還在您老家裡兒吃過一頓飯呢，吃的酢醬麵……我小名兒叫葫蘆，

大表舅你忘啦不是？」

身邊的衙役們上去就要打：「你他媽餓瘋啦你，陳爺是你瞎胡認的親戚……真是做夢娶媳婦兒，摔跤撿元寶，好事兒全他媽叫你碰上了！」

陳五六抬手擋住，「先別打，讓他說說。」

眼淚在叫花子烏黑骯髒的臉上沖出兩道白印來，他跪著朝前挪了兩步，「真的是我呀，大表舅，我是百成呀我！我是葫蘆呀！你不認識我啦？……大表舅呀，您快救救我吧……我們武清旱了兩年了，旱得比這邊兒還厲害，找不著吃的，人們就搶開了。家裡也是叫人給搶了，搶得啥東西也沒有了，就都出來要飯，哪兒哪兒都是要飯的，大表舅，要不著啊，我媽先死的，我爸後死的，弟弟、妹子、全家人都餓死啦，就剩下我自己個兒了。我就瞎跑，也不知道往哪兒跑才有活路……跑到半道兒上，就叫幾個人把我給綁了，要拿我當菜人，要吃我……要不是一塊兒綁了仨人，要不是那天晚上先吃了那個小孩兒，我就看不上你了呀大表舅……他們吃了那個小孩兒就飽了，就沒再動手，說是留著我們倆活的吃的時候再宰，吃新鮮的，省得天兒熱肉再壞嘍……半夜裡兒我磨斷了繩子就給跑了……我今天才跑到東河縣地面上，我就是想找您呀大表舅……這前兒就只有大表舅能救我的命啦……」

陳五六打斷了他，「你說了半天，也沒說你姓啥，住啥村，你爸爸叫啥名兒呀！」

「我爸姓常，武清縣西柳莊的常有年，外號常七彩，他手裡兒出的門神、灶王貼遍天母河呀……」

陳五六給他解開手上的繩索，指著街邊井口上的轆轤說：「去，自己個兒打桶水上來洗洗臉。」

叫花子走過去搖起轆轤，搖了幾下忽然鬆了手，轆轤把骨碌碌地飛轉起來，接著井筒裡傳出水桶落下去砸出來的噗通一聲悶響。叫花子跪在井口上絕望地轉過臉來，

「大表舅呀……我實在是餓得連喘口氣兒的勁兒也沒有了！」

陳五六自己走上去，三下兩下搖上一桶水來。叫花子就那樣跪在地上直接把頭伸進水桶裡，咕咚咕咚喝起來，喝夠了，才又捧起水來洗了幾把臉，而後朝陳五六轉過臉來，

「大表舅，您看看是我不？」

跪在井邊的那張臉活像一個骷髏，瘦得皮包骨頭的臉上浮著一層灰暗的青黃色，兩腮和眼窩深深地凹陷下去，眼皮卻是浮腫得又白又亮，尖硬的顴骨眼看就要從皮膚下邊穿透出來，兩道又黑又粗的眉毛，在眼窩上邊突兀著，好像是被貼上去的道具。陳五六仔細地打量了一番，嘆了口氣，點點頭，

「葫蘆呀，我給你把腳上的鎖也打開吧！」

身邊的衙役們一擁而上，喊成一片，「陳爺，陳爺，那兒還用您老動手呀陳爺，您這不是寒磣我們哥兒幾個嗎？」一面又對跪在地上的叫花子改口笑起來，「您這位爺，真是福大

命大……他不是一家人不進一家門不是，瞧瞧，這不就把您給拴到陳爺眼皮子底下來了！」

被解開繩索的葫蘆跪著哀求：「大表舅……先給我一口吃的行不，大表舅，看見你，我就更是餓的一步也走不動了……」

陳五六抬頭看看太陽，又打量了一下不遠處的賑災粥棚，隨手一指，「時辰還有點早。走吧，先過去瞧瞧。」

等到每人一碗雜糧粥端上來，陳五六特別囑咐，「先涼涼，都先別急著喝，現在喝，得燙出滿嘴泡來。」

叫花子們千恩萬謝地跪在自己的食物面前，緊盯著粥碗，一遍又一遍地吹氣，眼睛裡急得快要伸出手來。等到終於晾涼了，喝完了，又舔乾淨碗，大家不約而同地又轉過眼去，盯著大棚下面熱氣騰騰的大鍋。

陳五六沉下臉來，「沒夠啦？想在這兒過大年？想在這兒撐死呀？」

叫花子裡有人給陳五六跪下，「官爺，這年頭能撐死是享福呀！都說救人一命勝造七級浮屠，您今兒個一人一碗粥，救了我們五條人命，還救了您老的外甥，您這是活菩薩轉世……」

陳五六一迭聲地搶過話頭，「打住，打住，打住！你可別給我戴高帽兒，不給你們喝碗粥，你們能跟我走到縣衙大獄去呀？你們要是不走，等著我揹呀？再者說了，誰跟你說我這是救你們呢？看見剛才天主堂門口那個陣仗了吧？這是人命大案，是人命案就得有人抵命。你們是死是活不是我說了算，是孫知縣孫大人說了算！」

一面說著，他扭過頭來指著粥棚前邊長蛇一樣的隊伍，吩咐，「葫蘆，去，你過去領過一個人來。」

葫蘆一臉的疑惑，「大表舅，我過去領誰呀？」

「你想領誰就領誰，跟你差不多就行，就說誰過來就能先喝一碗粥。」

一轉眼葫蘆領過一個人來，陳五六把從葫蘆手上解下來的鎖鏈，給這個人戴上，又對衙役們吩咐，「去，先給他弄一碗粥，就說我說的，這是公差。」

看到這個人貪婪地端起粥碗，葫蘆又問，「大表舅，這個人他是犯了什麼罪了？」

陳五六不動聲色，「沒罪。你個傻兔崽子，放了你，我不是少了一個，剛才都給孫大人報過數了，少了人，朝誰要去？」

葫蘆喝過雜糧粥的臉上有了一點血色，「大表舅……我不知道您是叫我幹這個……這不是冤枉他了？」

陳五六笑笑，「冤枉？你看看他冤枉嗎？你看看他現在急得恨不能連碗一塊吃進去！」說著又指指那個望不到頭的長蛇陣，「你看看那兒有多少人等著這碗粥救命呢？排上一兩天等不著一碗粥那是經常的，為了一碗粥，這個粥棚跟前兒見天兒有人打架拚命。不是這碗粥，你知道他能活一天還是活兩天？人兒不大，善心不小，當你是活菩薩？」

葫蘆滿臉的歉意和感激，「大表舅，您救了我的命，救了這些個人的命，您才是活菩薩！」

陳五六擺擺手，「行啦，葫蘆，就別學著給大表舅戴高帽兒了。我問你，今年十幾了？」

「十八。」

「你爸的手藝你都學會沒有？」

「學會了。」

陳五六嘆息一聲，「唉——，葫蘆，幸虧你還沒餓死，你沒餓死，常七彩的手藝就絕不了，要是連你也餓死了，天母河就沒有七彩門神貼了。」

「大表舅，我爸說這些年他的門神畫兒賣的遠不如從前了，一個是天津來的洋紙門神忒多了，一個是信了教的人家兒都不叫貼門神了。大表舅，你說這些個洋人傳的是什麼教呀，信教就信教唄，咋兒就不讓貼門神了呢，貼門神又不礙信教的事，這些個洋人咋兒這些個規矩呢？」

陳五六搖搖頭，「葫蘆，這事兒你別問我，剛才天主堂門口鬧的那一場你看見了沒？洋人就是洋人，人家有洋槍、洋砲、洋鐵船，咱們有嗎？洋人跟咱們就不是一路人，吃喝拉撒，說話寫字，行動辦事，信的教，立的規矩，都不一樣，要不怎麼叫洋人？」

葫蘆壓低了聲音，「大表舅，我們武清早就鬧開義和團了，燒了不少洋教堂，殺了不少從教的，連洋神父也有叫給殺了的。您說這些個洋人咋兒就非要待在這兒，寧叫殺了他也不走呢？」

陳五六瞪起眼來，「嫌禍少呀？你小子給我閉嘴！」

葫蘆嚇得立刻低下頭來。

一個衙役接過話題，「唉——，這世道要是他媽完蛋了，說不說都一個樣，大難臨頭誰你也擋不住！皇上擋不住，老佛爺擋不住，袁撫台、聶軍門練出來的新編陸軍擋不住，玉皇大帝來了也還是他媽屄的擋不住！」

看見葫蘆嚇得變了臉色，陳五六緩和了口氣又問，「葫蘆，你爸可是硬戳筆，他從來都是自己打畫稿，從來不用別人的稿，不印現成的仿稿，不吃現成飯。這本事你也學會啦？」

葫蘆點點頭，「大表舅，打從十歲起，我爸就拎著把尺子教我畫墨稿，畫錯了就挨尺子，那些年我這手上、頭上就沒有不帶傷的時候。」

「刻板、套色的手藝你也都學會了？」

「大表舅，前年個帶到您老家裡兒的門神，就有我手裡兒出的，我爸不叫說，我出的門神一套少收兩銅子兒，跟我爸的一塊攙著賣。我爸的門神一出來就有人仿，年年出，年年仿，我爸就年年變，一年一小變，三年一大變，叫他們跟不上。他們上哪兒知道去，我爸那套刻板的刀就跟他們不一樣。人家大畫店是開春兒求樣子、刻板，為的趕早。我爸臘月裡就求樣子，今年臘月的活一出手，就準備明年的樣子，趕得更早。他就是趁著臘月裡送貨的功夫，看市面，比樣子，估摸明年的貨。」

陳五六由衷地讚歎，「絕活兒不是白來的呀，你爸印的戳刀門神最好看，又威風又足實，還比別人的門神多了兩彩，放在成堆的畫裡兒一眼就能認出來。可惜呀，好好一個手藝人，也逃不過這場災。年年兒給別人送門神，送灶王，送吉祥，臨了兒自己個兒倒是餓死的……這他媽的世道沒地兒找公平去！」一面說著拍拍葫蘆的肩膀，「葫蘆，你沒餓死，算是老天爺開眼給常七彩留了條後路。我家裡有幾塊梨木板，也有全套的傢伙事兒：案子、刀子、刷子、趟子，調色的盆子，都是留著自己個兒瞎胡鬧，玩兒高興的，跟你爹可不敢比。這回有用場了，都給你。」

葫蘆就笑，「敢情，大表舅的手藝不能差了！」

陳五六也笑，「葫蘆呀葫蘆，你真是人兒小嘴兒甜吶，心眼兒不少，你不巴結人就不會說話呀你？」

葫蘆的上臉又泛起一點血色，著急地辯白，「敢情，大表舅……我哪兒敢巴結您吶，我說的都是實話。」

陳五六一陣放聲大笑。

豪爽的笑聲裡，葫蘆悄悄抬起眼睛，看看粥棚前一眼望不到頭的長蛇陣，又看看那個被他領來的年輕人。年輕人雙手捧碗，正把整個臉都埋在粗糙的黑瓷大碗裡專注地舔著。葫蘆知道，待會兒，這個年輕人舔完了粥碗，一定也會像自己剛才那樣，對不遠處的粥棚轉過臉去。葫蘆覺得自己眼睛裡一陣發熱……葫蘆用力地嚥下一口唾沫，他很想對大表舅說句話，可沒敢說。

四

炕燒得很熱。她拽過被子把脫光衣服的身子蓋住，心裡一陣咚咚地狂跳，眼淚就止不住地掉下來。她不想哭，她知道這可不是掉眼淚的時候，隨手抓起被子在臉上擦了兩把，擦乾了，就在心裡給自己打氣……活人不能對不住死人，做人的不能坑害做鬼的……當家的，當家的，我聽你的……我就是拚了命也要辦成答應你的事。似乎為了要抓住最後一點勇氣，她把被角死死地攥在汗浸浸的手心裡。很快，院門外傳過來沉重的腳步聲。身子下面，柴火燒出來的熱力隔著炕蓆持久地熏烤著皮膚，胸脯上、脖子上冒出一層汗水來，不知道是冷汗還是熱汗。她下意識地又朝被子裡縮了縮光身子，再給自己打氣，天賜，天賜……我就當是把臉掖到褲襠裡了，我就豁出去不要臉了……聽天由命吧，聽天由命吧，是死是活我都聽你的……

很快，隔著白門簾，張王氏聽見堂屋裡嘩嘩倒水的聲音，接著，聽見空水桶孔咚落地，聽見鐵扁擔鉤靠在牆上碰出來嘩呤呤的碎響，再接著，就聽見小叔子張天佑猶猶豫豫的腳步聲，因為剛剛放下百十多斤的份量，連男人胸膛裡粗重的喘息聲也聽得真真切切的。張天佑站在白門簾外邊打招呼，

「嫂，水缸滿了。」

張王氏像是被人當胸砸了一錘，重重地嘆了一口氣。

張天佑遲疑地又說了一遍，「嫂……水缸滿了。」

張王氏橫下心，坐起身仰起臉來對著門簾發問，「她叔……你到底啥時候辦你哥囑咐的事情呀……」

門簾外邊的回答更猶豫、更遲疑了，「嫂……」

「天佑呀……我知道你怕……我也怕……可我答應你哥了，我答應他一定給他生個兒子，給他留下你們老張家的種……不是當嫂的沒皮沒臉，是這件事除過你不能求別人。」

「嫂……我哥的七七還沒過呢……」

「她叔呀，你哥說得對，要辦就早辦，旁人還看不出來，還能遮掩過去，過上仨倆月的再辦這個事兒，我一個寡婦家就擔不起了，滿村人都得罵我懷上的是野種，還不把我的脊骨戳破了呀，那我就得掃地出門吶……她叔呀，我一個女人家都豁得出來，你一個男人家咋兒比女人還不擔事情啊，你咋兒就軟活的像個癟柿子呢……倆閨女我都打發到姥姥家去

了……你看著辦吧！」

「嫂，我不忍心哪我，辦喪事的白門簾子還在門上掛著呢，我一瞅見這個，就瞅見我哥的血脖子了……嫂，我哥的頭是我親手捧到棺材裡兒的……嫂，我也知道我哥的心思，我自己個兒也當面答應他了……」

「天佑，你當嫂就忍心吶，你當嫂就是個沒皮沒臉、沒良心的呀……天佑，咱們就是把這事情做了，也不敢就定準能生個兒子，嫂就是不能看見你哥他難受，嫂就是想生出個兒子來給你哥撐門立戶，趕明兒個也能給你哥報了這個血仇……不為這個，嫂也不能豁出命來應承你哥。」

「嫂……可我就是不忍心吶我……」

張王氏突然號啕大哭起來，「當家的，當家的，你都聽見了吧，不是我不給你生兒子，不是我不答應你，是你兄弟他不敢……天佑呀，嫂不為難你，嫂也有臉有皮……天底下哪有這事情呀……一個當嫂子的，追著小叔子生兒子……天底下再沒有比我不要臉，再沒有比我傻屄的女人啦……傷天害理呀，傷天害理呀……當家的，你倒揀了個容易的事兒，你倒揀了個乾脆的事兒，死了就拉倒了，你留給我的這個事兒不是人辦的事兒啊……」

張天佑一陣慌亂，下意識地撩起門簾衝進屋裡來制止，「嫂……嫂，你別哭，你別喊叫呀，招呼叫街坊們聽見……」

可話說了半句就愣住了，張天佑一眼看見了嫂子赤裸的身體，看見嫂子滿臉的鼻涕眼淚，看見嫂子兩只雪白的奶子吊在胸前，在哭喊聲裡絕望地來回搖晃。張天佑嚇得臉色煞白，立刻低下頭，捂住眼睛逃出門外，張王氏絕望的哭喊聲一直在背後追著他不放，

「當家的……你兄弟他不敢，你兄弟他不敢呀……當家的，都怪我，我該死，我就不該活著，都怪我沒有給你留下個傳宗接代的種……當家的，咱命裡沒有啊……燒了香，求了醫，給了銀子，磕了頭，費了那麼大的事，磕了那麼多的頭也還是沒有啊……當家的，沒有種，我上哪兒給你生兒子去呀……這不是要活活把人逼死，這不是要活活把人逼瘋了嗎……老天爺、聖母娘娘祢們沒良心啊，祢們沒看見我家天賜是為了你們砍了頭啊，不是我們天賜拿命頂著，祢們的廟早就叫洋鬼子拆了，捨一條人命也換不出來祢們睜一回眼，捨一條人命也不能叫祢們開個恩，祢們算他媽屄的啥神仙呀祢們，豬狗不如啊，祢們咋都跟洋鬼子們一條心哪……人家洋神父可是要拆祢們的廟呀，我們天賜可是為了保廟砍的頭，臨走連口棒糝兒粥也沒喝上，他那一腔子熱血噴了滿地呀……我的那親人呀……那個時候祢們咋就不給顯個靈呢，啊？……祢們好賴不分，善惡不分，一點良心也沒有，算他媽屄的啥神仙呀……我恨祢們……我咒死祢個狗日的老天爺……」

逃出院門的張天佑慌不擇路，嫂子慘烈的哭喊聲像魔咒一樣追著他，眼淚不停地流下來，他害怕被街坊看見，不敢哭出聲來，不停地用袖子在臉上擦，為了拚命壓住自己的哭聲，整個身子不停地在抽搐抖動中彎成一張弓。不知不覺中，他忽然發現自己已經站在哥哥的墳頭前邊了。因為張天賜是凶死，按規矩不能進張家祖塋。可張家人又都覺得這樣對不起天賜，就在祖塋的邊上專門給天賜買來一塊地。於是，張家祖塋四角界石外邊的荒地裡就開出這座新墳。冬天的蘆葦和荒草像一道枯黃的牆，圍繞著天賜的新墳，毛茸茸的蘆花一片雪白地舉在半空裡。因為沒有下過雨雪，插在墳前的白幡還是好好的，墳前的石碑石案上鑿出來的白茬口都還是嶄新的。墳頭上的黃土就像是昨天剛剛堆上去的。被鐵鍬斬斷的蘆葦根白生生的，東一根西一根地從黃土裡冒出來。一個好好的大活人，一個有說有笑的親人，一條命，走到頭了，就變成這麼一堆黃土，就埋在這些白生生的蘆葦根下邊……也不知道黃土下邊到底有多黑，也不知道下邊是冷是熱，也不知道隔著黃土還能不能看見天日，也不知道颳風下雨有沒有個躲處……一條命，走到頭了，就什麼都沒有了，就變成這麼一堆黃土，這麼一堆無聲無息、一語不發的黃土……張天佑終於不用再忍著了，終於不用再壓抑自己了，他跪在蘆葦和荒草的圍牆裡，跪在哥哥的墳前號啕大哭，

「哥……哥……我不能，我不能和嫂子辦那種事，我不忍心吶哥……哥，看見那張白門簾子，我就看見你的血脖子啦……是我親手把你的頭捧到棺材裡兒的，你的血抹了我一

身……我真是不忍心吶……哥，你放心，倆閨女和嫂子我給你養著，養一輩子，家裡的地我給你種著，種一輩子，……二哥那兒也捎過信兒去了，哥，你的血仇我和天保給你報，一定給你報……不給你報仇我天打五雷轟……我碎屍萬段……我豬狗不如……哥呀哥，我的那親哥……我的那親人吶，哥……你就回我一句話吧，就一句……求求你啦哥，就一句……」

沒有人聽見張天佑的哭聲，沒有人回答他的哀求，也沒有人聽見他的詛咒發誓，地老天荒之中，新墳無語，只有蘆葦枯黃的屍體在冷風裡磨出一陣陣颯颯的低語。

就是從那時候起，天石村不明不白的開始鬧鬼。先是一夜之間，每家每戶的門口上都有人放了子孫娃娃，叫人害怕的是，所有的子孫娃娃不是用紅紙而是用白紙剪出來的，慘白的子孫娃娃一個個形態猙獰、怒目獠牙，手裡還都拿著刀槍劍戟。天石村人心惶惶：現在壓根兒就不是迎神的日子口兒，到底兒是誰把這些不吉利的白紙人放出來的？一開始，上村人懷疑是下村歸了洋教的人幹的壞事，下村人懷疑是上村人為了張天賜被殺的事來報復，可明明上村、下村人人家門口都放了白紙人，到底兒這是要咒誰？到底兒這是要幹什麼事情呢？現在到處都鬧義和拳，好多村子都出了大仙，好多村子都出了真神下凡靈魂附體的事情，不知道天石村這一次到底是來了哪一路的神仙？人心惶惶之中誰也不敢輕易下這個決斷。

接著，娘娘廟深更半夜裡突然有了燈火。有男有女，有說有笑，又哭又鬧，還有梆子腔。月黑風高之夜，漆黑一團中，從高高的天石上傳出來幽深的光影和聲音，飄忽不定，來去不明，分不清是鬼，是神，還是人。千百年來和女媧娘娘同居一村相安無事的村民們，從來沒有見過這樣怪異的事情，人們紛紛猜想莫不是咱們惡祈真的驚動了天母娘娘？可到底天母娘娘是要降雨消災呢，還是要降禍罰人呢？到底天母娘娘是動了慈悲心腸，還是要動怒發威呢？

福禍難料之中，猜測和恐慌像瘟疫一樣傳開來。誰也沒有料到，驚魂未定的人們卻被另外一場災禍驚嚇得目瞪口呆。

這一天的凌晨時分，娘娘廟裡突然火光衝天，等到被驚醒的人們在一片驚叫慌亂當中撲滅了大火時候，天已經晨曦微露。遠處，血色的霞光在寥落的晨星下面燒出淺淺的一道紅邊，好像一場天火正在天邊慢慢又燒了起來。昏暗的晨曦中，被大火燒毀了門窗的娘娘廟鬼影幢幢，在幽深的天幕下面大張著黑洞洞的嘴和眼睛，活像一只擺在天石上的大骷髏。

幸虧娘娘廟是用石頭建造，幸虧救的及時，大火只燒毀了木頭門窗和神架，熏黑了屋頂和神像。正在清理的時候，有人恐怖地喊叫起來，

「快看！快看！」

人們定下神來，有人專門舉著火把湊到跟前，在女媧娘娘神像前的石頭供案上看見黑忽

忽的一團東西，仔細看，覺得像是一床被子，冒著青煙的被子一團焦糊，眼見著這一團焦糊在不停地蠕動，接著，從一團焦糊當中拱出一顆人頭來，頓時引出一陣更恐怖的亂喊，

「是迎兒他娘……是天賜家的！是天賜家的……天賜家的你咋兒跑到這個地方兒來了呢？這麼大的火咋兒就沒燒死你呢……你這是托了誰的保佑呀你？」

這個時候圍上來的人們才慢慢看清楚，張王氏穿了一身紅花襖，頭髮梳的又緊又光，耳朵邊的鬢角上插了一朵猩紅的絨線紮花。張王氏把燒糊的被子從身上推下來，不慌不忙地攏攏鬢角，氣定神閒地打量著圍上來的人群，開口說道：

「你們都來啦？」

人們被她一下子問得愣住了。

張王氏斜眼掃視一圈，又開口了，「我看你們也是不敢不來！娘娘下凡，還不都給我跪下！」

目瞪口呆的人們不明白她在說什麼，「天賜家的……天賜家的，你這到底兒是咋兒啦，這是中了啥魔症了這是！」

張王氏伸手指天，「再不下跪，天理不容，天火燒身！」

就像在應驗她的話，平地裡突然颳起一陣旋風，剛剛撲滅的火，驟然間死灰復燃，劈劈啪啪燒成一片。人們一哇聲地驚叫著衝上去撲打，忽聽身後又發出淒厲的叫喊，

「再不下跪，天理不容！」

擠在人群裡的張天佑，怯生生地走上去打招呼，「嫂……嫂子，你這是咋兒啦你，要不，我跟你回家去吧……你要是想孩子了，我到小王莊姥姥家把兩丫兒給你接回來，你看中不……」

張王氏劈頭指著張天佑，嘴裡突然發出和丈夫張天賜一模一樣粗重的聲音，「天佑，天佑，我託你的事情你不辦，你還有臉來見我！我死不瞑目！」

話音剛落，張天佑慘叫一聲「哥——！」接著，突然渾身抽搐、口吐白沫昏厥在地上。

一時間，所有來救火的村民們嚇得心驚肉跳口不能言，大家面面相覷，紛紛想起村裡近來的種種鬼異怪事，想起現在到處盛傳的大仙下凡，先是一兩個人跪下，接著，所有的人都跪倒在張王氏腳下，

「天賜家的，迎兒他娘，我們哪兒知道您老這是轉世成仙了呢……娘娘，娘娘……您大人不記小人過，我們有眼無珠，沒看出神仙顯靈，不知道是您老人家轉世下凡來了……還請娘娘高抬貴手饒了我們吧……也叫天賜兄弟放心吧，你家的事情，就是大家的事情……只要娘娘吩咐，啥事情我們都給您老辦好嘍……」

張王氏端坐在石案上，居高臨下地掃視滿地下跪的人群，大聲命令，「先把我的殿給我修好，把廂房也給我修好了，把我的東西搬過來，我要住到我的殿裡兒！」

眾人紛紛點頭，「那是，那是，娘娘的殿，一準兒都得修得好好兒的。娘娘的殿，娘娘不住還能讓誰們住呢！」

「不光是我住，還得再把我的人都給我招來！」

有人鬧不明白，「……娘娘說的人，都是些個誰們呢？」

「用問，就是我的女兒會。你們都給我記住，打明兒起，天石村就是女兒國！陰陽倒轉，母行天下！」

人們紛紛回應，「娘娘聖明！娘娘說咋兒著就咋兒著，我們沒有二話！」

驚恐的人群裡還是有人忍不住，加在中間著急地問了一句，「娘娘，您老倒是給說說，旱了這些日子了，餓死了這些個人了，這雨到底兒還給下不下呀？明年開春兒到底兒有沒有雨呀？您老啥時候能給開恩下場透雨呢？」

半晌無聲。

眾目睽睽之下，坐在石頭供案上的「天母娘娘」，突然聲淚俱下地大放悲聲，

「臨走前兒連口棒糝兒粥也沒喝上……你問我啥時候下雨，我問誰去呀……不是為了祈雨，我們家天賜也不能叫給砍了頭啊……當家的一死，撇下我們娘兒仨孤兒寡母，叫我們找誰過日子去呀……天賜呀天賜……你死得可憐啊，臨走連口棒糝兒粥也沒喝上……你這是到底兒為了誰死的呀……」

在短暫的驚呆之後，鄉親們很快回過神來，大家紛紛上前勸慰，「醒過來啦，醒過來啦，這是魂兒又回來了……天賜家裡的，迎兒他娘，快別哭啦……咱張家門裡四五百口子人，咱有難同當，有福同享，一人拾一根柴火，一人放一把米麵，就夠你用的，不用你一個人發愁……天賜是為了大家夥的事情死的，人不能沒有良心。」

在人們不停地勸慰下，張王氏漸漸平靜下來，眼睛裡那股怪異、冷峻的神情漸漸被眼淚清洗乾淨。可天石村的鄉親們，再也不能像往常那樣看待這個普通而又家常的女人。這一場親眼目睹的神靈附體，讓每個人都覺得自己成為了奇蹟的一部分。這個通神的女人，理所當然地成了天石村的活神仙。從此，張王氏經常出入在娘娘廟裡，有的時候是獨自一個，有的時候身邊簇擁著女兒會虔誠的女人們。從此，天石村的娘娘廟無可爭議地變成了張王氏的「我的殿」。

奇蹟結束的時候，太陽正從東邊升起來，金紅色的火燒雲像一片輝煌而又古老的神話，瑰麗、壯闊地鋪滿了藍天。

五

小肚子都快憋暴了，可張天保不想停下手裡的活兒，使勁兒提了一口氣，又彎下腰去把手裡的棕刷伸進水桶，冰涼的冷水一激，身子一緊，就猛然覺得一股水滴到了褲襠裡，他趕緊直起腰來，又使勁兒提了一口氣，不行，還是憋不住，只好齜牙咧嘴地把刷子扔進水桶，拍拍棗紅馬的脊背，

「兄弟，不行了，我得放放水去！」

棗紅馬擺擺尾巴，怡然自得地打了一個響鼻。

張天保慌不擇路地跑到馬廄拐角後邊，隨著咿咿啊啊的叫喊，一股粗壯的水柱唰唰有聲地噴射到牆根下，地面上立刻泛起一片雪白的泡沫四下橫流。隨著肚子裡壓力的減輕，張天保越發舒服地咿咿啊啊起來。

突然，背後響起一聲斷喝，「張天保！」

張天保像遭了雷擊，渾身毛髮倒豎，兩腿之間那股舒舒服服的水柱立刻憋了回去，小肚子一陣抽筋一樣的疼痛，他慌慌張張胡亂拽了一下褲口，按照操典挺身立正大聲回答，

「行營衛隊騎兵棚長張天保聽令！」

「張天保，我問你，你在這兒幹什麼？」

「回聶軍門的話，張天保在這兒解小手兒。」

「衛隊營房裡沒有公用茅廁？」

「回聶軍門的話，有公用茅廁。」

「你指給我看看在哪兒？」

張天保側過臉看著不遠處的茅廁，「回聶軍門的話，就在西北角上。」

聶提督提高了聲音，「用手指，我看不見！」

張天保渾身發冷地抬起手來，「回聶軍門的話，就在西北角上。」

「你是不是覺得進了行營衛隊，做了我的衛兵就可以恣意妄為不遵守軍營條例了？」

「回聶軍門的話……小的不敢……」

「那是你覺得這次秋操打靶得了錦旗，我當著全軍將士的面誇獎了你幾句，你就有本錢拿軍營當自家的茅廁？」

「回聶軍門……小的不敢，小的實在是憋不住了……」

聶提督勃然大怒，「憋不住？你身上到底還有多少游手好閒的陋習憋不住？武衛前軍三十二營一萬多官兵都憋不住，我的軍營就變成屎尿場麼？虧你還是個棚長！你們什麼時候能記住自己現在是個新軍？」一面說著回頭大喊，「衛隊長，你把執法隊的人給我叫來，就在這兒給我執行軍法！」

看見聶提督大發雷霆，往來的軍官和士兵們都遠遠地躲在一邊。

執法隊長手裡提著藤鞭跑步趕到。聶提督指著站在牆角旁邊的張天保下命令，「給我抽他二十鞭子，看他憋得住憋不住！」

張天保按照平常的規矩，轉過臉去，撩起自己的上衣露出了後背。

聶提督大吼一聲，「他隨地屎尿，今天就給我打他的屁股！」

當著眾人的面，在執法隊長的喝令下，張天保只好褪下自己的褲子，面對牆壁立正站好。隨著半空裡嗚嗚的呼嘯聲，藤鞭劈劈啪啪地抽打在厚墩墩的肉上，一道又一道血紅的鞭痕上滲出來的血珠立刻染紅了藤鞭。張天保不敢出聲，死死地咬住牙關，他知道聶軍門見不得軟骨頭。可到底還是沒有忍住，隨著一聲慘叫，一股剛才憋回去的尿液猛然噴射到土牆上。

就好像是為了湊熱鬧，拴在木樁上的棗紅馬忽然分開後腿翹起了尾巴，隨著十幾坨馬糞球噗噗有聲地落到地上，接著就是一泡焦黃的馬尿泛著濃濃的馬臊味兒噴灑在馬糞上。

提督行營的院子裡一陣哄堂大笑。

聶提督一聲大喝：「笑！誰笑誰給我吃鞭子！」

眾人嚇得立刻收住笑聲。

聶提督隨即又指著戰馬說，「牠是畜生，在軍營裡就是畜生也要服從軍令。你們不是畜生！你們是兵！知道我們請來的德國總教習馮少校說什麼嗎？馮少校說你們大清國沒有新軍、只有舊軍，你們拿了再新的武器也沒有用，你們的舊腦筋、舊習慣還是讓你們打敗仗。馮少校說大清國的軍事字典裡沒有勝利這個字，只有失敗這個字。話說得難聽，可沒有說錯！我問你們，甲午之恥誰最丟人、哪一個最無恥？就是我們這些吃糧打仗的軍人！海軍海軍我們的艦船裝備比日本人強，陸軍陸軍我們的裝備也比日本人強，可我們就是叫人家給打敗了！甲午之戰我和日本人交過手，他們的多發步槍剛剛造出來，步兵十之八九還在用村田式單發槍，砲也只有青銅砲，還都是日本自己造的。我們的槍砲都是西洋貨，砲是德國克虜伯後膛鋼砲，英國阿姆斯壯快砲，槍是德國九子毛瑟槍，奧地利國的曼利夏連發槍，還有大英國的馬梯尼，法蘭西國的哈乞開斯，美利堅國的林明敦，最差的也是秘魯國的黎意步搶，樣樣都比日本強。連單兵彈藥也比日本多得多，一個日本步兵上戰場平均每人只發射八發子彈，我們是多少？平壤戰役，我們每門砲自帶砲彈五十發，每條槍自帶子彈一百五十發。還又從國內搶運了砲彈二千四百發，子彈五十萬發，彈藥多得能噎死人，還是照樣吃敗仗！還是一觸即潰！簡直是一群烏合之眾，奇恥大辱！」

院子裡一片肅靜。官兵們都知道，整個甲午之戰只有聶提督打勝過唯一的一次狙擊戰，聶提督正因為這次勝仗而被升為提督的，可他自己從來不提打勝仗這件事，他對部下說得最多的就是自己不該活著。果然，聶提督環視左右舊話重提，

「各位，你們記住，我們都是軍人，家國不幸誰該先死，就是我們軍人！如今割地賠款、國恥不斷，最應該以死謝罪的就是我們軍人。我們操練新軍，開設武備學堂，不是為了吃俸祿、圖升遷，不是為了走走方陣隊形圖好看，我們是為了強國禦侮！家國一日不幸，軍人一日生不如死！甲午之恥至今，聶某人天天覺得生不如死！」聶提督雙手抱拳高舉到胸前，「各位，我有話在先，凡是跟我聶某人從軍的就是願意跟我一起死的，貪生怕死只圖升遷的聶某絕不為難，絕不挽留！渾渾噩噩、散漫無章的也絕不能在我的營裡濫竽充數！」

一面說著聶提督走到張天保跟前，「我問你張天保，每個月的餉銀克扣拖欠你了沒有？」

「回軍門的話，餉銀沒有克扣拖欠。」

「那是每天伙房裡的飯菜沒讓你吃飽？」

「回軍門的話，每天飯菜都吃飽了。」

「該發給你的軍服、槍枝、裝備少發給你了？」

「回軍門的話，都發給了。」

「人手一冊的訓條律令，發給你了沒有？」

「回軍門的話，發給了。」

「隊官、哨長給你們都講清楚了訓條律令沒有？」

「回軍門的話，都講清楚了。」

「好，那我這領兵的還算是對得起弟兄們，我該做的事情我都做了。那你該做的你不做，就叫不守本分。我今天不是打你，是打你的漫不經心、不守本分！」

「聶軍門，小的該打，小的日後絕不再犯。」

「張天保，你記住，就是你們身上的這些懶懶散散的陋習叫我們吃敗仗，什麼時候這股遊民閒人的味道去不乾淨，什麼時候你就不是新軍！發給你這身德國軍裝，發給你前邊開口的褲子，不讓你再穿緬襠褲，不只是為了好看，不只是為了讓你撒尿方便，穿上這身衣服你得從裡到外都是個新兵！不能總是一副市井小民習慣、一副莊稼人的做派！」

「是，軍門。」

「去吧，穿好衣服，到軍醫處敷藥療傷。你記住，再讓我看見你這樣像個畜生一樣隨地屎尿，馬上革除軍籍遣返回家，絕不姑息！你記住啦？」

張天保腳跟碰攏舉手行禮，「回軍門的話，張天保記住啦！天保不想被遣返回家，天保一心追隨聶軍門死而無怨！」

聽到這句話聶提督的臉色緩和下來，「好，張天保，等到什麼時候你是個真正的新軍士兵了，你死而無怨才值得。」

「是。軍門的話小的記住了！」

平常又軟又隨身的褲子，現在硬得好像是砂紙，火辣辣的磨著屁股上的鞭傷。張天保倒吸冷氣，咬牙轉過身來，在漸漸散去的官兵之中來回尋找，臉上很快就露出了憨厚的笑容。張天保把一封家信捏在手心裡，一步一拐地迎著衛隊的書記官走上去。

一面武衛前軍的提督帥旗和一面大清的龍旗，並肩在提督行營的大門外迎風招展。只要看見那面帥旗立在門前，武衛前軍的官兵們就知道聶提督住在行營裡。聶提督是武衛前軍一萬多官兵的魂。只要聶提督在行營裡住著，人人心裡就都提著一口氣，就連睡覺也得睜隻眼。

提督行營的外面是新編陸軍武衛前軍的住紮地。十六個步兵營，十個騎兵營，四個砲兵營，兩個工兵營，再加一個隨軍醫院，一支軍樂隊，一萬多人的隊伍駐紮散落在方圓五六里的平原上。臨時搭建的營房、帳篷、軍械庫，和數不清的馬車、軍旗、風標連成一片。各個營隊的號角此起彼伏。射擊場那邊時時傳出步槍、機槍清晰的單發和點射的槍聲。大小操場上，排好隊形的方陣和馬隊你來我往，士兵們雄壯的號令聲直衝雲霄。

　　不久之後的夏天，武衛前軍行營衛隊騎兵棚長張天保，在槍林彈雨中，憑藉一枝曼利夏馬槍，按照標準的操典動作，以一人之勇，簡練、精確地消滅了所有的火力點，攻破了天石鎮天主堂教民自衛隊的防守之後，他隨著蜂擁而入的義和團拳民衝進教堂。在一陣瘋狂的搗毀、砍殺結束後，腳下是滿地花花綠綠的碎玻璃，眼前是成堆的桌椅和聖像在熊熊大火中劈劈啪啪亂響，他看見黑壓壓的天幕之下，義和團的弟兄們成群地站在院子當中，大大咧咧地解開了緬襠褲，掏出黑忽忽的陽具，對著雜亂殘缺的屍體唏哩嘩啦尿成一片。那一刻，張天保忽然覺得自己的屁股疼得一陣鑽心。

第三章　哈乞開斯步槍

一

跟著陳五六進了院門，葫蘆就不敢走了，眼前頭是一磚到頂的青磚瓦房，腳底下是青石拼花漫地的院子，窗戶下邊的花池裡立著幾叢丁香和石榴，一棚葫蘆架遮蓋了整整半個院落，青綠的細腰葫蘆吊在棚頂下邊，恍如隔世一般，靜靜地掛在濃密的綠陰裡……葫蘆覺得眼前的一切都像是幻影，自己整個的人都還留在院牆外邊的那個地獄裡拔不出來，葫蘆躲在陳五六的身子後邊，拽拽他的後襟，

「大表舅，我就別進屋裡兒了，回頭再嚇著我舅媽和表妹。」

陳五六回過頭看看他，笑笑，「也是，你這模樣活像個鬼，連我也害怕！行，先洗個澡，再把頭剃了，換身衣裳，把你這滿身、滿頭的蝨子、蟣子都扔到灶火裡兒燒乾淨！」

葫蘆不由得紅了眼圈，「大表舅，我這是真的到家啦？」

陳五六拍拍手招呼僕人，「老三，老三，快著，給他洗個澡，剃個頭，再換身衣裳，把

西屋給他收拾出來，這個人就交給你啦！趕緊著開飯，就吃炸醬麵！」

拐著一條腿的老三不知從哪兒冒了出來，「陳爺，您老就放心吧！」

等到一切都收拾好了，葫蘆被領到了飯堂。飯堂的雕花窗櫺上沒有貼窗紙，而是特別裝了暗花的洋玻璃，透亮的陽光湧進來，把滿屋沉穩的烏木家具照得熠熠生輝。窗戶上、門扇上都是當年新換的年畫，進屋迎門的牆壁上是一幅富貴牡丹的中堂，紅火熱鬧的套印花瓶牡丹兩邊是一副神筆花鳥組字對聯：

竹林鳥啼明月上，青山雨過白雲飛

葫蘆還沒有從驚訝和虛幻當中醒過來，葫蘆呆呆地站在桌子邊，老三殷勤地用袖口撣撣原本就很乾淨的烏木鼓凳，

「表少爺，您坐！」

自從進了屋，葫蘆的眼睛就沒離開過飯桌，烏木的八仙桌上白白淨淨擺了五個瓷盤，翠綠的黃瓜條，碧青的臘八蒜，亮紅的蒸醃肉，晶瑩玉白的綠豆芽，黃瓤白皮的鹹雞蛋，外加一盆香噴噴的蒜瓣炸黃醬，葫蘆覺得自己像是走進到神仙洞裡來了，覺得這滿桌子的美餐都不像是真的，可是，口水立刻從舌頭下邊溢出來，肚子裡一陣咕嚕，葫蘆使勁嚥下口水，葫

蘆什麼也沒聽見。

老三又撣撣烏木鼓凳，「表少爺，您先坐！陳爺、太太、小姐說話就到。」說話間陳五六從背後走進來，拍拍葫蘆的肩膀，「葫蘆，快坐下吧，你不是吃過咱家的炸醬麵嘛，再嚐嚐！」又指著滿桌的菜盤說，「瞅見了吧，都是自己菜園子裡兒種的，今兒個專門給你弄的。我這小菜園子就在自己家後院，有口井，自己個兒澆水，有院牆圍著，要不這麼早的天兒上哪兒找這個去？不叫人偷光了也得叫人搶光了！這不全憑著我在衙門裡兒做事，見天兒挎著把大刀進門出門，這才沒人敢來嘛！」

葫蘆還是沒有坐下，葫蘆的眼淚流下來，「大表舅，這都是真的呀？」

陳五六轉過身來對太太和女兒嘆息，「你們瞅瞅，這孩子給餓成了什麼樣兒啦！」

葫蘆又哭，「……我爸臨走前兒最後給我留了一把炒黑豆，我爸說，葫蘆，別一口都吃了，一天吃幾個，你興許就能熬出去……」

陳太太也趕緊上來勸，「葫蘆啊，命裡沒有的你想不來，咱今天個不說這些傷心的事情，老天爺不是還把你給留下來了嗎？你不是碰上你大表舅把命撿回來了嗎？」

葫蘆還是哭，「大表舅、舅媽，我爹我娘、我弟我妹他們都看不上也吃不上這麼好的東西了……」

陳五六一臉的苦笑，「行啦，行啦，知道可憐別人了，就算是真緩過來了……葫蘆，你不餓啦，還是趕快著吃飯吧！」

這一頓飯葫蘆不知道自己吃了幾碗麵，一直到陳五六從他手裡拿開筷子，他才紅著臉停下來。

陳五六說，「葫蘆，別再吃了。咱沒餓死的人別再撐死。往後的日子長著吶！咱明天再吃。」一面又吩咐女兒，「蓮兒，帶你百成哥去院子裡兒轉轉，不能叫他吃了這麼多就躺下，回頭再撐出病來！」

整整一頓飯都低著頭不說話的蓮兒靜悄悄站起來，走在前邊，葫蘆緊緊跟在後邊。一轉眼穿過兩進院子，來到後院。

蓮兒不回頭，蓮兒說，「這就是園子，這就是井。」

後院裡滿眼的翠綠，金黃的黃瓜花，猩紅的辣椒，醬紫的茄子花，從肥厚的綠葉底下閃出來，有兩隻雪白的粉蝶在黃瓜架的鬚蔓之間忽升忽降。一棵垂柳把青石井臺抱在綠陰之中，井臺上的轆轤架下邊倒著一隻濕漉漉的柳斗。葫蘆呆癡癡地左看右看，覺得又走到畫裡來了。

站在柳陰下沒聽見回聲，蓮兒又說，「轉完了，就這麼大。」

葫蘆回過神來，趕緊說，「真好看，忒好看啦，又是花，又是葉兒，又是粉蝶，擱在畫裡兒也沒這麼好看的！就好像都是假的！」

蓮兒沒接葫蘆的話，蓮兒說，「你真的差點兒叫人當菜人給吃了？」

問完這句話，蓮兒才回過身來。葫蘆就看見了蓮兒左邊眼睛裡的「玻璃花」，葫蘆愣了一下，趕緊回答，「是，是真的叫人給綁了，一下子綁了我們仨，頭天兒晚上把那個小孩兒吃了，他們就吃飽了，說留著我們吃前兒再宰，省得天兒熱肉再壞了……我是半夜裡兒磨斷了繩子跑出來的……」

蓮兒用「玻璃花」盯著葫蘆，「我就想不出來人咋兒就能吃人！」她遲疑了一下，還是問出來，「你看見別人吃人，你是咋兒想的呀，你說，你想過吃人沒？」

這句話把葫蘆問醒了，葫蘆又清清楚楚地回到了院牆外邊，葫蘆老老實實地回答，「我想過，我要是再找不著吃的，我也沒有別的法兒，要想活，就只有吃人這一條道兒……」

蓮兒滿臉的驚駭，「你要是真吃了人，我可不敢站在你跟前兒！」

葫蘆看著表妹滿臉的天真，心裡說不出的難受和心疼，「蓮兒，你是沒出過門兒，你也沒挨過餓，你住在這個神仙洞一樣的院子裡兒，沒見過活地獄，你哪兒就想得出來，一個人要是一連幾個月逮不著吃的能餓成什麼樣兒。你要是也站在粥棚前邊的隊伍裡兒等上三天，你就能看見，人人臉上就寫一個字兒，吃！吃蟲子，吃青蛙，吃草根，吃樹葉，吃樹皮，吃棉花套子，吃觀音土，人人都變成了活畜生！咳，說到底兒，人不是神仙，人就是個不吃東西不能活的畜生……」

蓮兒嘆口氣，「你說老以前女媧娘娘到底兒是咋兒弄得呀？她捏出一世界的人來，咋兒就沒定下規矩說人不能吃人呢？」

「不是女媧娘娘忘了定規矩，是女媧娘娘壓根兒就不該給人留下這張嘴！」

蓮兒看看有點激憤的葫蘆，又沒有接葫蘆的話茬，蓮兒又問，「知道你今天吃了幾碗麵唄？」

葫蘆立刻紅了臉。

蓮兒很快又轉回身去，「七碗！老三說，你再吃，就得叫廚子再和麵了。」

葫蘆的臉更紅了，「我就是餓怕了……我就是怕吃了這頓再沒有下一頓了……」

「瞅你說的，添你一張嘴就把我們家吃窮啦？吃怕啦？」

「蓮兒……我哪敢這麼想呢？我啥也不是，就是餓怕了，就是餓成個活畜生了……」

「這前兒還餓不？」

「這前兒不餓了。」

「告給你，我爹的麵條兒可不能白吃。」

葫蘆一時被這句話弄糊塗了，可還沒等他回過味兒來，蓮兒又說，

「那你就澆澆園子，活動活動。我去架裡兒掐條黃瓜。」

蓮兒說完就走，一轉眼就擋在了濃密的枝葉鬚蔓後邊。葫蘆怔怔地看著遠去的身影，葫

蘆覺得蓮兒不想和人面對面，葫蘆心裡明白，那是蓮兒不想叫人看見她眼睛裡的玻璃花。

默默無言地跟在蓮兒身後往回走的時候，葫蘆突然想起來從進門起，蓮兒就沒叫過自己「哥」，一回也沒叫過。

葫蘆只好沒話找話，「蓮兒，你是屬啥的來著？」

蓮兒還是不回頭，「問這幹啥？還不知道今天走，還是明天走呢！」

葫蘆著急地辯白，「蓮兒，我就是問問……我這會兒哪敢走呀我，出去就是個死……」

蓮兒停下腳步，還是不回頭，「急啥？好像是我欺負人了。我又沒說讓你走！」

一個月之後，葫蘆才弄懂了蓮兒說的「我爹的麵條兒可不能白吃」這句話到底是什麼意思。這一天，陳五六老兩口把葫蘆叫到後院正房的堂屋裡，鄭重其事地說出一件讓葫蘆意想不到的事情——陳五六說想招葫蘆當他的上門女婿。看著葫蘆驚訝萬分的表情，陳五六說，

「百成啊，我就這麼一個閨女，就這麼一個閨女就是個天生眼睛有毛病的閨女，哪兒捨得嫁出去讓她受氣去？不是我們看不上人家，就是人家看不上我們，弄來弄去眼看過了十八，眼看要老在家裡兒了，眼看成了病了。頭前兒我跟她說，實在不成，實在說不下好的，乾脆就跟老三成親吧，一個一條腿，一個一隻眼，你們倆誰也別嫌誰，老三就在我眼皮

子底下看著，定準兒不敢委屈了你。你猜怎麼著？這個要命的一聲不吭，掉臉兒就奔了菜園子那口井，抬腿就給我跳進去了！虧了是在後頭緊跟著，虧了是就在眼跟前兒，要不，你就看不著你這個不要命的傻妹妹啦……你說她這是多麼大的氣性呀，啊？說死就死，說跳井就跳井？你說你死了，我們當老人的還活不活啊？都跟著你跳井？……百成啊百成，我是命中無子呀！蓮兒現在是大表舅一輩子的心病！交給誰我也是不放心。別瞧我兩進院子、小菜園，誰也不知道我見天兒心裡兒都怎麼犯難……那天在井臺兒上看出你來，我就高興了，我就知道這是老天爺給我送女婿來了！你這會兒家裡兒的人都沒了，就剩下你獨身一個孩子，你哪兒也別去了，就留在大表舅家給我當兒子吧？眼下年景忒差，轉年兒挑個好日子成親！咱們起根兒就是親戚，再這麼一結親，就親上加親，我最放心。百成啊，一家人不說客氣話，我就是怕你也嫌棄蓮兒的玻璃花。當著面兒，你說句真話，娶了蓮兒，你到底兒委屈不委屈啊？這可是一輩子的事兒，我不能叫蓮兒受委屈，也不能讓你夾著委屈過一輩子不是？」

葫蘆就當面跪在地上哭了，「大表舅，您老這是說什麼哪，我哪有這麼大的福氣呀，我哪敢嫌棄蓮兒啊？大表舅、大舅媽，說句掏心窩子話，我這會兒什麼都不怕，就怕再回到外邊挨餓去……全家人都餓死了，是您把我從大街上撿回來的，您老救了我的命，我這條命就是大表舅的，別說叫我當兒子，當女婿，就是叫我當牛做馬我葫蘆要有一句含糊，就讓我下十八層地獄！大表舅、大舅媽，您二老就是我的親爹、親娘！我這兒給您磕頭啦……」

陳五六的太太走過去拉起葫蘆，「孩子，孩子，別哭啦，本來不想這麼快就說給你，本來想讓你好好過幾天舒坦日子，等你緩過來再說……葫蘆呀，別哭了，咱們這不是說喜事兒呢嗎……死了的人活不過來了，咱活著的人他不是還得過日子嗎……」

「大舅媽，我就是難受我爹我娘他們啥都看不見了……我這會兒什麼都不怕，就怕一轉眼這都不是真的……」

一語落地，兩個人一起抱頭痛哭。

陳五六坐在太師椅上拍打著扶手，「咳——，快都別哭啦，這是咋兒說的，這哪像是說喜事呀！」一面說著，也不由得濕了眼睛。

如水的陽光落在院子裡，稀疏的樹枝間一隻秋蟬在唱。蓮兒躲在隔壁屋裡沒有出面，聽葫蘆這麼說，眼淚從蓮兒的玻璃花眼睛裡奪眶而出。

二

教會醫院的單獨病房裡除了一張病床而外，還站著兩副人體骨骼標本，張馬丁必須每天在這兩副骷髏的注視下睡去和醒來。每時每刻陪伴著張馬丁的，只有一本被他閱讀過無數遍的《聖經》。為了這兩副人體骨骼標本馬修醫生一再道歉，

「馬丁修士，實在對不起，只好讓你和它們擠在一起了。我們的醫院還是太小了，再也找不出別的地方藏它們。這兩副標本本來應當放在我自己的診室裡，可是，這樣一來，本地的農民就不會有人再來看病了。他們對這兩副骷髏的恐懼遠遠大於對死亡和病痛的恐懼。因為這兩副骷髏總是讓他們聯想起吃人的妖怪和魔鬼。即便是已經信教的本地人也還是不能接受這兩副骷髏。關於這兩副骷髏已經在本地引發出了無數的謠言和猜測，許多人都確信無疑，這是兩副被吃光了肉的人骨架，而吃人肉的人多半就是我。」馬修醫生苦笑著攤開兩隻手，「馬丁修士，你看看我像是吃人的妖怪嗎？」接著又搖頭嘆氣，「以我這樣的名聲，是

沒法完成我的體質人類學田野調查計畫的，誰還敢來讓我為他測量身體？除非是不怕被妖怪吃下去的人！早知如此我絕不會把它們特意帶到中國來。」

馬修醫生除了自己本職的醫療工作之外，還有一個宏偉的計畫，他要在中國不同地域做一系列關於體質人類學的田野調查，他希望將來有一天掌握足夠的資料，能夠對比、印證白種人和黃種人在體質學上的異同。他經常對傳教士們說，在你們把他們帶進天國之前，必須首先要搞清楚我們面對的究竟是什麼樣的人！可讓他沒想到的是，自己專門帶到中國來的科學標本，竟然成了科學研究的最大障礙。

每當馬修醫生這樣訴苦的時候，張馬丁只好幫他解嘲，「馬修醫生，我倒是覺得你帶來這兩副人體骨骼標本還是很值得的，它們就像是試金石，讓你一下子就看到了結果，你不是想印證白種人、黃種人的異同嗎？現在你已經看到了，他們各自對待自己身體的態度就是一個最大的不同。」

顯然，這個回答讓馬修醫生有點興奮，「馬丁修士，如果你當初不是進神學院而是進醫學院就好了，我們肯定能做很好的同行！」

張馬丁笑笑，「現在我們也是同行，只不過你醫治身體，我醫治靈魂，但都是關於人的。最終審判來臨的時候，我們是要身體和靈魂一起走進天國的。」

這個回答讓馬修醫生更興奮，「馬丁修士，謝謝你能這樣看待醫學，你的回答讓我這個醫生深感榮幸！」

張馬丁還是一臉平靜的微笑，「馬修醫生，是我應當感謝你，如果不是你，我早就躺在墓地裡了。」

馬修醫生連連搖頭，「馬丁修士，我可不是這樣看的，當初正是我診斷你已經死了，他們才把你放進棺材裡去的。醫生可以治病、療傷，但是醫生是不可能起死回生的。應當說不是我救了你，而是我的誤診差一點害了你。因為當時有人被打死，有許多人被打傷，都需要緊急處置，現場非常的緊張忙亂，即便我診斷出你是假死，但以你的傷情，能從假死當中恢復過來的機率也是微乎其微的！作為醫生，我也只能把你的復活看成是一個奇蹟！」

聽到「復活」這兩個字，張馬丁立刻脹紅了臉搖起頭來，「不不不，馬修醫生，我不是復活，我只不過是昏迷的時間長了一些……我只不過是你的一個普通的傷患而已。」

馬修醫生肯定地搖搖頭，「不普通，馬丁修士，一點也不普通，你是我職業生涯中遇到的第一例從假死中復活的人。」

張馬丁感動地舉起自己胸前的耶穌受難十字架，「馬修醫生，這個世界上能夠復活的人只有祂，只有祂才配享受天父的恩典而復活。」

馬修醫生鄭重地回答，「馬丁修士，關於身體之外的事情我寧願相信你。」

自從住進這間病房，張馬丁就遵從萊高維諾主教的意願蓄起了鬍鬚。漸漸地，在鏡子裡面看見自己被鬍鬚淹沒的臉，就像是看見了一個陌生人。不過萊高維諾主教非常喜歡，總是高興地誇獎，

「這樣很好！喬萬尼，你就像是變了一個人，完完全全是另外一個人，連我也認不出原來的你了！我相信，瑪麗亞修女專門為你縫製的那件長袍，你現在穿上一定非常合身、非常好看！等你的傷好了，等你的腿能走路了，我們馬上就為你舉辦授予聖職的典禮，由你來擔任天石鎮天主堂的本堂神父，我就不用再兼任這個職務。將來有一天天石村教堂真正建起來，我也希望是由你去擔任天石村教堂的本堂神父。喬萬尼，你用自己的獻身向主證明，你現在已經完全能夠勝任神父的教職了！」

萊高維諾主教最後的這句話，讓病床上的張馬丁激動得睜大了眼睛，「神父，我哪裡有資格做天石鎮的本堂神父？我現在真的能夠勝任了嗎？」

萊高維諾主教肯定地點點頭，「喬萬尼，你現在不只能夠勝任天石鎮本堂神父的教職，我現在正在考慮，將來，在我之後，誰來帶領天母河教區？除了你，我現在還看不出任何別人能有這個資格。」

張馬丁有點不敢相信自己聽到的話，「神父，你說什麼？除了你沒有人能帶領天母河的

教民們，我們不能沒有你……」

萊高維諾主教抬手制止他，「喬萬尼，我們現在不討論這個問題，這件事情也不是我可以決定的，這是羅馬樞機主教團才能決定的。等你完全康復了，我要帶你去看一個人，到那時候我們再談這個話題。」

看到主教的拒絕，張馬丁只好換一個話題，「神父，後來天石村的那些農民們到底怎麼樣了？他們還是那麼充滿敵意嗎？」

「在歸順天主之前，你不能指望異教徒的敵意自動消失。這正是天主召喚我們來這裡的原因。」

張馬丁長長地嘆一口氣，「唉——，都是因為這場旱災，如果不是因為旱災，就不會有那場祈雨的集會，就不會有那麼多飢餓的人，也許就不會有這場衝突……」

萊高維諾主教的神色嚴肅起來，「喬萬尼，你說錯了，不是因為旱災，而是因為他們心裡沒有對天主的信仰。只要他們還相信自己的異教，他們就永遠無法擺脫現狀，除了旱災，還有水災，還有蝗蟲，還有瘟疫，還有戰爭，災難對於沒有信仰的人來說是永無盡頭的。一個有信仰的人，即使身在災難之中，也會有天主慈悲的照耀。就像你一樣，即使死了，也會因為天主的慈悲而復活！」

聽到「復活」這個詞，張馬丁又是十分不安地脹紅了臉，「……神父，我真的沒有想到事情會是這樣……我只不過是不願意看到那些石頭、土塊打在你的身上，我只不過是不願意看到你受到傷害……我真的沒想到事情會是這樣……瑪麗亞修女總是追問我死的時候看見了什麼……我什麼也沒有看到，其實，被石頭打中的那一刻，我甚至連疼痛也沒有感覺到，只覺得頭被狠狠撞了一下，也不知道自己怎麼倒下去的，我的眼前突然一黑……我想，也許那片黑暗就是全部了，就是一切的結束……我真是沒有想到後來的事情會是這樣……如果不是瑪麗亞修女一定要給我縫那件長袍，我現在已經躺在墓地裡了，後邊的事情根本就不可能發生……這一切真是太不可思議了……」

看見張馬丁手足無措的窘狀，萊高維諾主教不由得笑起來，「喬萬尼，喬萬尼，你真的還是一個孩子！你有什麼可不安的呢，你是在替誰道歉呢？難道我們中間有誰可以為天主的選擇講述理由嗎？孩子，你什麼時候才能真正長大呀？你有勇氣為了主而獻身，難道就沒有勇氣接受主為我們顯現的奇蹟嗎？我還盼望著你能擔負起更大的擔子。好吧，我們現在不再談論這件事情，一切都等你康復之後再談。現在你好好休息。」

每次在這樣的談話之後，張馬丁的心裡都要增加一層無形的壓力。他不知道萊高維諾主教到底要給自己什麼樣的擔子。人去屋空的病房裡空空蕩蕩的，每當探視的人走後，都好像帶走了這間屋子裡的許多東西，單獨病房裡的空曠都會隨之擴大。日見空曠的房間裡和張馬丁做伴的，只有病床對面的這兩副人體骨骼標本。馬修醫生說，這是全人類的縮影，一男，一女，都一樣，都是二百零六塊骨頭。他們之間不同的不是男人少了一根肋骨，而是男人的骨架相對粗大一些，女人的骨盆比男人寬一些。馬修醫生曾經非常確定地用鉛筆敲著骨架為張馬丁解釋他的傷情，「顱骨右前額粉碎性骨折，右肋第五、第六、第七肋骨骨折，左腿小腿脛骨骨折，主呀，他們實在把你打得不輕。」

可不知為什麼，即便是和「全人類」在一起，張馬丁還是覺得房間裡空曠而又孤單，伴著空曠和孤單增長的還有自己兩腮的鬍鬚。張馬丁本想請別人幫忙，把自己的銅燭臺拿到病房來，可幾次話到嘴邊他又忍住了。單獨病房裡的煤油燈明亮而又乾淨，要求銅燭臺顯然是一種特殊的奢求，於是，他寧願一個人留在空曠和孤單當中，從《聖經》裡打量、反省自己。只有瑪麗亞修女會讓這間房子裡立刻充滿了溫暖的氣息。她有時會帶來一個新烤的麵包，有時會掏出一只蘋果，有時會抓出兩把紅棗，更多的時候只是順便拐進來坐坐，用鉛筆替他把那張記錄日期的方格紙塗滿一個方格，然後再用鉛筆敲敲張馬丁小腿上纏滿繃帶的木頭夾板，「喬萬尼，三個月的時間不是很長，快了，很快就要把它們取下來了！」每到這時候，單獨病房裡就好像忽然照進了陽光。

瑪麗亞修女很不喜歡眼前的這兩副骨架，她總是替張馬丁報怨，「喬萬尼，他們實在不應該把這種東西放在病房裡，讓病人每天和屍體睡在一起不是醫院和醫生應該做的。」

張馬丁寬厚地為醫生辯解，「瑪麗亞修女，我不在乎和它們睡在一起，我也不覺得它們是屍體。」

「不是屍體。是屍骨。」

「也不是屍骨。」

「喬萬尼，那是什麼？」

「是真相。」

「真相？什麼真相？誰的真相？」

「我們的真相，我們所有人的真相。」

瑪麗亞修女睜大了眼睛，愕然地看著張馬丁。

張馬丁指著那兩副骨架說，「看見他們，更讓我想到血肉之軀的容易朽壞。其實，我們所有的人都是生活在一個容易朽壞的世界上，因為我們看見的總是血肉之軀，就誤以為那就是世界，那就是世界的本來面目，可那不是，連這些骨架也不是，因為它們最終也是要朽壞的。瑪麗亞修女，如果不是為了那件長袍，也許我現在已經變得和它們差不多了，甚至連它們還不如，因為我是一具多處骨折的骨架，是一具殘破的真相。天主總是在我們不經意的地方提醒我們，可我們卻總是熟視無睹。」

瑪麗亞修女由衷地感慨，「喬萬尼，喬萬尼，你死過一次，你總是比我們離主更近一些。」

張馬丁平靜地微笑著，「如果沒有死亡，也許這個世界上就不會有宗教了。不同的是，有些人是在最後醒悟的，有些人是在最後來臨之前就看到了最後之後的最後。」

瑪麗亞修女在胸前畫著十字架，「感謝天主，把你從最後救活，讓你再一次和我們一起走向最後之後的最後。喬萬尼，我們無法選擇最後，可是我們總還是能夠選擇和誰一起走向最後吧？只要和你在一起，走到任何地方我都不會覺得孤獨。感謝慈悲的天主把你留給我！阿門！」

瑪麗亞修女忘情地把張馬丁擁抱在懷裡。

斜射的陽光照在窗戶上，把好看的中國式回形窗格清晰地映照出來，屋子裡瀰散著柔和的光。眼淚靜靜地從張馬丁的臉上淌下來，不是因為悲傷，而是因為幸福。他忽然想起來，許多年前，在大海上和萊高維諾主教相擁而泣的那一幕……他覺得自己現在是一個最幸福的人，因為自己得到了太多太多別人做夢也不曾得到過的感情。而這一切，都是在追隨主的歷程中不期而遇的。

三個月之後，馬修醫生終於拆掉了張馬丁小腿上的夾板，迫不及待的張馬丁是拄著枴杖來到自己的墳前的。一直走在前面領路的萊高維諾主教轉過身來，指著墓碑上的銘文說：

「喬萬尼，我想讓你見面的人就是他，就是張馬丁。」

看著墓碑莊嚴的銘文，張馬丁有點不能相信自己看到的，他迷惑不解地朝萊高維諾主教轉過臉去，「神父……為什麼我站在自己的墳墓外面？這到底是誰的墳墓？」

「喬萬尼，這正是我要等到現在才告訴你的。三個月前那場轟動全省的教案衝突中，你已經被暴民用石塊擊中打死，為此，馬修醫生做出了診斷，東河縣知縣孫孚宸也親自來查驗過屍身，並且已經做出判決，罪犯就是天石村迎神會會首張天賜，他已經在天石村被斬首示眾。」

「神父，可是我並沒有真的死了呀！」

「不，喬萬尼，天石鎮天主堂的張馬丁執事已經被暴民打死，這已經成為不可更改的定案。你的死成為我們剷除異教的最有力的理由。你後來的復活是天主的恩典，這個奇蹟已經和異教徒無關。」

「可是，神父……我現在是誰呢？」

「張馬丁已經死了，張馬丁執事已經為主而獻身，你現在是復活了的喬萬尼·馬丁！喬萬尼，我之所以特意安排今天讓你來看他，是為了讓你向他致敬的，向為了天主的事業而獻身的張馬丁執事致敬！我絕不想看到，因為你的復活而更改判決，放縱兇手，所以我才命令所有的人都不許向你提前談論這件事情，而要留到今天我親自向你說明白。所以我才要你留起了鬍鬚，因為現在的喬萬尼．馬丁已經不是原來的張馬丁。」

「神父，你是在說，天石村那個叫張天賜的人，已經因為沒有死的我而被判刑斬首了嗎？」

「是的，張天賜已經在一個月前被執行斬首。」

「可我現在不是正站在自己的墳墓外邊嗎？」

「喬萬尼，我已經說過，三個月前，張馬丁執事已經被暴民打死了。我們為他舉行了隆重的葬禮，和安魂彌撒，這座墓碑就是為他而立的。」

「神父……我們這樣做豈不是違反了戒律，豈不是作假見證陷害人？」

萊高維諾主教立刻提高了聲音，「喬萬尼，你怎麼可以這樣想？是神聖的天主要劃除世間一切邪惡異教的神廟，是神聖的天主要懲罰天下所有詆毀天主的異教徒，我們只不過在遵從天主的意志，這是千真萬確的，沒有任何一點虛假！」

「可是，神父……」

萊高維諾主教阻擋住張馬丁的發問，「喬萬尼，我問你，難道你真的是只有勇氣為天主獻身，卻沒有勇氣承擔天主的奇蹟嗎？難道你認為我只是為了復仇才決定殺死張天賜的嗎？你不知道，我曾經給過他求生的機會，我讓他在拆毀他們的廟宇和殺人抵命之間選擇，為了神聖的天主我可以寬恕任何仇人，但是，是他自己最後選擇了要捨命保廟，是他自己最後選擇了和天主對抗到底的。他是異教徒，他不明白天主的力量。」

張馬丁急切地在自己胸前畫著十字，臉色慘白地閉上了眼睛，「主啊……你為什麼讓我回來……」

萊高維諾主教焦急地推推張馬丁的肩膀，「喬萬尼，你快點清醒過來吧。幾個月來你足不出戶根本不知道現在的情形，一場大動亂很快就要發生了，我們鄰近的地方已經發生了許多起專門燒毀教堂屠殺教徒的慘案，教民們只好組織起自衛隊保護教堂，保衛自己。過兩天，從天津趕來的馬車隊，要給我們送來食物、藥品、煤油、蠟燭，同時趕過來的還有一位志願者，退役的陸軍上尉儒勒先生，他負責押送一批法國步槍連同彈藥一起祕密抵達，喬萬尼，我們也要建立自己的教民自衛隊。我們天石鎮天主堂作為天母河教區的主教堂，一定會成為主要攻擊的目標，何況我們已經被攻擊過，只能做最壞的打算！」

張馬丁幾乎不能相信自己的耳朵，「神父，你在說什麼……」

「我在說，屠殺已經開始了，慈悲的天父不會允許眼睜睜地看著我們被異教徒們屠殺！」

「神父……難道我們捧《聖經》的手現在需要學會用槍嗎？」

鐘樓上突然響起來晨禱的鐘聲。聽到鐘聲，兩個正在爭論的人不由自主地，在胸前畫起了十字。在默禱之後，萊高維諾主教抬手指向鐘樓，

「喬萬尼，天主神聖的聲音不只有讚美詩，天主的懲罰也是教誨我們的鐘聲，你不要忘了，天主救自救者！喬萬尼，看著我的眼睛，你現在不再相信我了嗎？」

「神父……我像相信天父一樣相信你……我現在不相信的是我自己。」

「喬萬尼，我不會讓你留下來，我要給你更重要的使命，我要你跟隨馬車隊返回天津，向朱力安主教報告我們的情況，然後乘船回國，把我的信帶回到羅馬去，我們必須要讓外面知道這裡將要發生的事情，要讓所有的人知道真相！」

聽到「真相」兩個字，張馬丁像是忽然被提醒了，「可是，神父……外面的人們還不知道我並沒有死的真相。」

萊高維諾主教驟然變了臉色，他驚詫不已地看著張馬丁，看著這個捨生忘死救了自己的人，看著這個萬里迢迢跟隨自己來到中國的虔誠的修士，就像看著一個站在懸崖邊上馬上就要失足墜落的人，他再一次下意識地伸出手來緊緊拉住張馬丁，

「喬萬尼，告訴我，你還相信天主嗎？」

「神父，我相信。無論活著還是死了我都是天主的信徒。」

「喬萬尼，那我再來告訴你一次，慈悲的天主讓你復活，是為了讓你回到信仰者中間，把這個奇蹟帶給我們，讓我們親眼看到天主的萬能，讓我們滿懷感恩之心永遠追隨他。天主讓你復活，不是為了讓你回到異教徒當中給他們反對天主的把柄！天石鎮天主堂的張馬丁執

事已經為主獻身而死。萬能的主讓喬萬尼·馬丁回到了我們身邊。喬萬尼，你記住，在我交給羅馬的信中我一定會告訴他們這個真實的奇蹟，我要讓這個奇蹟回到羅馬去，要讓他們也能親眼看到，我要你親自告訴他們在你身上發生的事情。喬萬尼，只有出現在眼前的奇蹟才是真正的奇蹟！我再說一遍，天主讓你復活，不是為了讓你回到異教徒當中給他們反對天主的把柄！喬萬尼，回答我，你願意背叛神聖的天父嗎？」

「神父，可我現在不能走……」

「喬萬尼，你必須走，我不能眼看著天母河的種子都被放進地獄之火，我無法預測眼前的災難到底會有多大，到底會有多少人毀滅在災難中。我要你回國，是為將來留下種子，你要答應我，你一定要回到天母河來代替我傳播天主的聲音！如果我死了，我會讓人們把我埋在張馬丁的身旁，我會永遠留在中國等你。喬萬尼，你聽到了嗎？你答應我嗎？」

震人心魄的鐘聲，一聲接一聲地從天上傳過來，咚噹——，咚噹——，咚噹——，彷彿整個世界都被隔開在響亮的鐘聲外邊。

如果不是被木枴支撐著，張馬丁肯定已經倒在地上了。萊高維諾主教的話如雷轟頂，張馬丁呆呆地矗立在自己的墓碑前，恨不得馬上天崩地裂掀開墳墓，好讓自己安安靜靜地躺進去。

三

儒勒上尉沒有想到，自己在天石鎮遇到的知心朋友竟然是一個醫生。

在親眼看著裝滿步槍的木箱和彈藥箱被放進倉庫之後，儒勒上尉特意在天主堂的院子裡轉了一圈，隨後又爬上了鐘樓，居高臨下，天石鎮一覽無餘。儒勒上尉露出一絲滿意的笑容來，很好，有這個制高點，再加上嚴密封閉的圍牆，天石鎮天主堂很容易被改造成一座堅固的堡壘。這裡唯一容易被突破的就是教堂大門，因為大門直對著廣場，毫無遮擋。這個問題也不大，只要用沙袋堆起街壘把大門堵死，再利用大門一側牆壁上的幾扇窗戶組織成交叉火力點，這個廣場就會變成進攻者的屠宰場。四十枝哈乞開斯步槍，兩萬發子彈，一百枚木柄手榴彈，一所設備齊全的小型醫院，院子裡的一口水井，再加上充足的給養和萊高維諾主教答應的香菸加葡萄酒，這裡簡直就是一座完美的堡壘了，幾乎可以用來度假。唯一的遺憾是缺少兩挺馬克沁機關槍和訓練有素的擲彈兵。可很顯然，以往的經驗告訴儒勒上尉，困難的問題不在這兒，沒有機關槍問題不大，可以用步槍的密集射擊來代替，擲彈兵的危險角色自己也可以擔任，最難辦的問題是這些留著辮子的中國人，到底能不能在很短的時間內學會使用步槍，如果所有的子彈都打到天上去，再森嚴的堡壘也是形同虛設。

站在鐘樓頂上的儒勒上尉聽到喊叫聲，低下頭的時候，看見了一身白衣的馬修醫生，馬修醫生大聲地打招呼，

「儒勒上尉，你好！我是這裡醫院的馬修醫生，萊高維諾主教要我來做你的翻譯兼副手，並且負責招待你，有任何問題你都可以直接向我提出來。」

儒勒上尉把手上的香菸狠狠地吸了一口，心想，萊高維諾主教果然十分的仔細。馬修醫生看見高高的鐘樓上，儒勒上尉揮手扔掉菸蒂，開心的笑臉籠罩在一團白色的煙霧之中。

事實證明，這些留辮子的中國人比儒勒上尉擔心的還要難教。在把一枝步槍拆卸開來，講過了所有部件的構造、名稱、用途之後，儒勒上尉終於被彈道的弧度絆倒了，他無論如何也不能讓他的聽眾信服，經過槍膛裡的來福線，在水準角度射出槍口的子彈是呈螺旋狀前進的，射程愈遠，彈道劃出的弧度愈高，在弧度的最高點上，彈頭會因為地球的引力自由下落，所以對距離的把握就成為射擊準確性的關鍵，就需要選用尺規的不同高低刻度，在尺規

缺口、準星、和射擊目標的三點一線之間來調整瞄準點。一連三天，在費盡唇舌之後，儒勒上尉面對著那一片不斷點頭又茫然不解的臉終於放棄了信心，他嘭地一聲把步槍重重地摔到桌子上，一邊掏出手帕抹著額頭的汗水，生氣地模仿著學生們，

「對、對、對……對、對、對……」然後絕望地喊出一句，「天啊，我寧願去放牛！」

站在一旁做翻譯的馬修醫生笑起來，他知道這些志願者們根本聽不懂講法語的儒勒上尉最後一句喊了什麼。他走上去幫忙擺正了步槍，微笑著勸解，

「儒勒上尉，我在這裡給病人診療的時候，通常並不對他們深入解釋病因、病理，我只給他們開處方，我只要求他們按時服藥。」說著又把步槍端在手上，嘩啦一聲，利索地做了一個拉動槍栓的動作，「萊高維諾主教的想法是，他需要在最短的時間內建立一支自衛隊，他並不需要嚴格正規的士兵，如果你不介意的話，其實只要告訴他們怎麼安裝子彈，怎麼握好槍才不會傷到自己，只要告訴他們把槍口對著想要打的人勾動扳機，就可以了。他們只需要學會近距離開槍就足夠了。畢竟他們需要保衛的只是自己的教堂，他們不需要攻陷敵人的陣地，也不會有正規的步兵集群向他們發起衝鋒。何況，現在情況確實十分緊急，也許明天早上攻擊就會發生，所以，要快。儒勒上尉，你必須要在最短的時間內，把牛群變成會打槍的士兵。」

馬修醫生最後的話讓儒勒上尉不禁開懷大笑起來，「哈哈哈……好，那好吧，馬修博

士，我接受你的建議。真沒想到，一個醫生竟然和一個軍官在一起訓練士兵殺人，來吧，那就看看我們能不能在最短的時間內把牛群變成士兵！」

馬修醫生把步槍放回到桌子上，「儒勒上尉，有的時候水和火必須放在一起才能把食物煮熟，才能讓蒸汽機車轉動起來，更別提作戰前線從來就是和戰地醫院連在一起的。」

儒勒上尉再次開心地笑起來，「說得好，說得好！馬修博士，有你這麼一位朋友，我在天石鎮的日子肯定會過得很快！我真要感謝萊高維諾主教任命你做我的副手！可惜，我們還有一個難題，現在只能在房間裡祕密訓練，只能打空槍，沒有辦法進行實彈射擊演習！」

「從醫生的角度看，我倒是寧願他們永遠不要射擊！」

「那樣，我就失業了。」

兩個人會心地笑起來。這場把學生排除在外的交談，讓兩位先生在禮貌之外頓時拉近了許多距離。

雖然聽不懂他們用法語說了些什麼，可看見本來發脾氣的教官轉眼在笑，滿臉惶恐的志願者們也都跟著露出寬解的笑容來。

和所有遠離家鄉的人一樣，離開家鄉的時間愈長，渴望新朋友的欲望也就愈強烈，朋友常常成為麵包和水之後的第一需要。從這堂射擊課之後，儒勒上尉和馬修醫生成了無話不談的朋友。在也聽說了那兩具人體骨骼標本的故事之後，儒勒上尉苦笑之餘不由得自嘲，「馬修博士，這麼說，我比你要幸運得多，起碼沒有因為一枝步槍而被看成是吃人魔鬼。這些留辮子的中國人真是又可笑又可憐，他們對我的敬畏遠遠超過了步槍。他們哪裡知道，我帶來的工具才是真正會吃人的，如果哪一天他們自己親自扣動扳機，親眼看到子彈是怎麼把人擊穿的，就會明白什麼叫步槍。如果再讓他們看到砲彈在人群裡爆炸，他們才會懂得什麼是魔鬼的力量。」

馬修醫生不由得搖頭慨嘆，「儒勒先生，有的時候我真的很困惑，我們現在這樣辛辛苦苦準備的，無非就是為了一場可能發生的戰爭。任何人都知道戰爭是最殘酷的，可是作為最殘酷的人類行為，戰爭為什麼會永遠存在？當然，這個問題遠遠超出了我的本行，也許這是個應當由神父們來回答的問題。可是現在，如果連教堂的安全也需要步槍，恐怕連神父們也回答不了這個問題。」

儒勒上尉不假思索地回答，「馬修博士，我是軍人，在我看來，我的職業就是打仗殺人，然後讓世界保持秩序；你的職業是醫生，你是治病救人，然後讓世界保持秩序。可因為這個世界永遠也沒有秩序，所以才會永遠需要我們。也因為這個世界永遠沒有秩序，於是就有了天主。其實，神聖的天主和我們是一樣的，只不過他的職業是照看整個世界。並非是人的本性特別喜歡殘酷，而是，人只不過是不湊巧留在了這個永遠沒有秩序的世界裡。」

馬修醫生有些驚訝地打量著自己的新朋友，「儒勒上尉，和你一起留在這個沒有秩序的世界上真的是一種幸運，我真的沒有能力像你一樣，這麼爽快的就把自己安置好……」他努力地選擇著怎麼說才能最好地表達自己，「……好吧，儒勒上尉，我也同意這個世界是一個永遠沒有秩序的世界，可現在的難題是，來跟我們打仗的人，好像非常不願意接受我們的秩序，尤其不願意接受讓我們的天主來照看這個唯一的世界。」

儒勒上尉點點頭，「不錯，他們一直不願意接受，因此許多年來，槍砲聲一直不斷。所以說，幹我們這一行的變得愈來愈重要。博士，你別介意，我沒有貶低醫生的意思，我只是在陳述一個事實。什麼時候這個世界上永遠不再打仗了，你們醫生就會變得和天父一樣重要了！可問題是，在這個永遠沒有秩序的世界上，人們只好永遠打仗，打仗已經成了文明的一部分，人們從來都是把最先進的技術首先用來製造武器，就像吃飯、喝水、穿衣、洗臉，打仗已經成了我們生活當中必須的一部分。」

馬修醫生忽然聯想起馬丁修士對自己說過的關於天父和醫生的話。雖然接觸的時間不長，但和儒勒上尉的感覺一樣，馬修醫生也很喜歡自己眼前這位心直口快的新朋友。但他拿不準，這位來保護天主的軍人，這位勇敢的志願者，最後到底能不能走進馬丁修士說的那個天堂。

儒勒上尉絕不會想到，其實他最需要防守的不是天主堂大門前的開闊地，而是張馬丁執事手裡的剃鬍刀。

鋒利的剃鬍刀順著面頰爽利地刮下來，隨著細微的沙沙響聲，雪白的肥皂泡沫下邊露出來光潔的皮膚，漸漸地，一張乾淨整潔而又年輕的臉從鏡子裡露出來。張馬丁有些悲傷地笑，他知道，自己正在做什麼，這是一個生離死別的抉擇。他知道，此時此刻，自己打破了萊高維諾主教所有的希望和允諾，他知道自己有多麼徹底地傷害了這個被自己視如生父的親人。他知道，此時此刻，真正的張馬丁正從剃鬍刀下邊完完全全地顯露出來。在經過幾天痛苦的煎熬之後，他最終還是做出了抉擇，為了真相，也為了不連累教會，自己現在只有自動脫離教會，必須放棄即將得到的聖職，必須放棄今後所有的前途，自動脫離教會就意味著自己要放棄整個的人生，而換回來的，卻是另外一場生死不明的交換。不管回到天石村的路到底有多麼艱難，可那就是自己無法逃、必須接受的歸宿，那是獨自一人和天主的面對，那是獨自一人的承擔。他甚至不知道，在這條艱難的歸途上，自己將要得到的到底是完全的信任，還是萬劫不復的仇恨。看著鏡子裡那張漸漸清晰起來的臉，他一遍又一遍地問自己：張馬丁，張馬丁，張馬丁，你到底要什麼？……張馬丁，張馬丁，你知道去天石村的路到底有多遠嗎？張馬丁，張馬丁，難道為了走向主，你真的要首先離開祂嗎？你獨自一人到底能走多遠？……沒有人回答。也沒有人能夠回答。寂靜的單獨病房裡，沒有別人，只有那兩具不會說話的骷髏，一男，一女……「全人類」就那樣站在寂靜的時間裡，……永遠也不發問，永遠也不回答……不知為什麼，在這樣毫無回應的自問中，張馬丁忽然想起了那張面紗，聖維羅尼卡把面紗放在那個人的臉上，替他擦拭汗水和血污，當她把面紗拿開的時候，卻發現耶穌的臉清晰地印在了面紗上。從此，在所有的教堂裡，都供奉著這張面紗。聖維羅尼卡的面紗，是苦路十四站中最打動人的一個場面，甚至比被釘上十字架的他還要打動人。那是一張永留人間的面容。

淚水從他的臉上淌下來，張馬丁知道，鏡子裡的這張臉是不會永留的，自己只要轉過身去，這張無比真實的臉，這個叫張馬丁的人就會從鏡子裡永遠消失。

就是在這個時候，張馬丁聽見敲門聲，隨著屋門被打開，他聞到了一股極誘人的奶油番茄醬的香味，張馬丁趕緊擦乾眼淚轉回身來，意外地看見了端著瓷盆的瑪麗亞修女，香味兒就是從那個青花瓷盆裡飄出來的，張馬丁不由得好奇地盯著那個好看的中國青花瓷盆。

瑪麗亞修女很滿意自己看到了想要看到的效果，「張馬丁執事，今天是你徹底康復的日子，我們一定要慶祝！」

說著瑪麗亞修女掀開了青花瓷盆的蓋子，露出了滿滿一盆香味兒撲鼻、鮮紅油亮的番茄醬麵條。張馬丁簡直難以置信，自從離開義大利來到中國，五年多來，不要說吃過自己最愛吃的番茄醬麵條，就是連看也沒有看到過，他難以置信地盯著麵條，好像在看一個奇蹟。

瑪麗亞修女笑著問，「怎麼，喬萬尼，你難道就想這樣一直看著它不動嘴嗎？」一面說著，她又從自己的衣兜裡變魔術一樣地掏出來兩把鍍銀的叉子和兩隻小磁片，「喬萬尼，難道還要我來餵你嗎？這可是真正的那布里空心粉！」

口水從舌根下面噴湧而出……張馬丁笑了，「瑪麗亞修女，你是怎麼做到的？」

瑪麗亞修女依舊得意地笑著，「碰巧有人從義大利帶來的，不過有的時候，女人也是可以創造奇蹟的。」

把番茄醬麵條分盛在瓷盤裡的時候，瑪麗亞修女感慨地搖搖頭，「很可惜，喬萬尼，我們只有奶油番茄醬和麵條，沒有蔥頭和香腸。」

張馬丁挑起滿滿一叉麵條放進嘴裡，只嚼了幾下就吞下去，這才騰出空檔來讚美，「瑪麗亞修女……太好吃啦，真不知道怎麼感謝你的奇蹟！」

瑪麗亞修女停下自己的叉子，動情地看著張馬丁，「喬萬尼，其實今天還有一件事情是我想慶祝的……我只想告訴你一個人……」

「是什麼，瑪麗亞修女？」

瑪麗亞修女索性連叉子也放下來，眼淚湧上了眼眶，「喬萬尼，今天是瓦洛亞的生日……」

張馬丁驚訝地停下了舉在半空裡的麵條，打量著眼前這個悲喜交集的母親，發出了感嘆，「啊……瑪麗亞修女，我沒想到，那我們真的要好好為瓦洛亞慶祝一下……可惜，我們沒有葡萄酒……」

瑪麗亞修女擦去眼淚，「不……我不想那樣為一個死人舉杯……喬萬尼，有你在就已經讓我非常滿意了……謝謝慈悲的天主把你還給了我……喬萬尼，你不知道我是多麼的感謝天父，我還從來沒有這樣真實地感覺到天父和兒子一起出現在我眼前……喬萬尼，你不知道這是一種什麼樣的幸福……」

張馬丁放下叉子，走上去把瑪麗亞修女抱在懷裡，「瑪麗亞修女……我們都是天父的孩子……瓦洛亞是會和我們一樣得到天父的愛的……在天父的懷裡不會有孤獨的人……」

瑪麗亞修女悶在張馬丁的懷抱裡哭著，「喬萬尼，喬萬尼……你就是我的一切……有你在，世界就在……」

張馬丁忽然想起了自己的決定，他猶豫著，不知怎麼向她開口，可轉念之間，張馬丁做出了決定，他拍拍瑪麗亞修女的肩膀，

「瑪麗亞修女，我忘記告訴你了，今天恰好也是我的生日。」

這一次輪到瑪麗亞修女驚奇萬分了，她大睜著眼睛抬起頭來，「主啊……真有這麼巧的

事情麼，喬萬尼，今天真的是你的生日？」

張馬丁點點頭，「是的。瑪麗亞修女，你知道我是孤兒，我從來不知道自己的生日，但是，在你進來之前，我剛剛做出了決定，我要從今天起重生！」

瑪麗亞修女從張馬丁的懷抱裡退出身來，不解地看著他，「為什麼，喬萬尼？」

張馬丁笑笑，「你沒看見我刮了鬍子嗎？」

瑪麗亞修女這才注意到張馬丁光潔的臉和下巴，「可是……」

張馬丁擋住了瑪麗亞修女下邊的問題，他不願意讓下面的難題打擾了這頓美餐，張馬丁舉起了叉子，「瑪麗亞修女，我們還是快一點吃吧，我實在是等不及了！」

四

在所有的拒絕相信，恐怖絕望，渾身冷汗之後，東河知縣孫孚宸還是眼睜睜地看著那個金髮碧眼的洋教士，走進了縣衙大堂。

滿身風塵的張馬丁學著中國人的樣子對他抱拳拱手，微微一笑：

「孫大人。」

完全昏亂的孫孚宸還是不能接受眼前的事實，他下意識地從太師椅上站起來，「你……不是已經死了麼……本官曾經親自帶員趕到天石鎮教堂，和高主教一起查驗過，親眼看見棺木裡你的屍身……你是誰……你到底是誰……你到底想幹什麼？人命關天，你不要冒充頂替……」

張馬丁點點頭，「是的，孫大人，那天你去看我的時候，我是已經被放到棺材裡，我是已經死了……高主教和別的人也都認為我已經死了，可是我又死而復生了……」

幾乎要發瘋的孫孚宸搶過話頭阻止他，「你不是張執事，張馬丁張執事已經被天石村的迎神會會首張天賜用飛石打死……這是總督衙門三令五申緊急催辦的大案，張天賜已經被本官砍頭抵命，這是一樁早就審定的鐵案，這件案子在天母河兩岸鬧得沸沸揚揚，幾乎就要激出民亂……今天你又來添亂，你說你是張馬丁張執事，誰又能證明你不是假的……你們洋人全都是金髮碧眼、面目相似，我怎麼能相信你！」

張馬丁誠懇地建議，「孫大人，你可以再次和高主教一起來查驗，我願意和你們當面對質，我就是那個死了的張馬丁張執事，我是義大利國瓦拉洛市聖保祿修道院的修士，我是和萊高維諾主教一起乘船來到中國的，我五年來一直在東河縣天石鎮天主堂做教堂執事。我的義大利名字是喬萬尼．馬丁，我的中國名字是張馬丁。」

孫孚宸斷然拒絕，「我不聽，你也不必再說了。高主教已經和我一起驗明正身，張馬丁身上多處受傷，被石頭擊中的額傷最重，張馬丁已經死了……」一面說著一面又死死盯住對方的臉，好像要仔細辨認出什麼破綻。

張馬丁攤開兩手，「孫大人……我理解你的處境……可是我就是死而復生了，額頭上的傷疤還在，現在我本人站在這裡，還不夠嗎？還需要什麼別的證明……」

孫孚宸再一次打斷他，「本堂雖不信你們的洋教，可和你們打了多年交道，我還是知道一點你們的事情，你們的《聖經》裡記載有這樣的神怪之事，你們的耶穌就是死而復生的……可耶穌是神，是上帝之子，你不是！你就是個和我一樣的凡胎俗子，如何能死而復生？」

淚水一下子湧上來，一股深深的痛楚讓張馬丁半晌哽咽無語。為了不在這個驚慌失措的官員面前落下淚來，他咬緊牙關，臉上一片觸目驚心的慘白。終於，他從那片慘白裡掙扎出一絲微笑來：

「孫大人……你說得很對，我不是耶穌。耶穌是為了拯救我們這些所有的罪人而死的，我不是，我不過是在一樁普通的教案糾紛中被打傷的……我和你一樣不過是個充滿了欲望和罪孽的普通人……也許我剛才說的不是很準確，我不是死而復生，我是沒有真正的死，他們為我做了臨終敷禮把我放進棺材之後，又做了安魂彌撒，可是並沒有馬上埋葬我，是瑪麗亞修女不讓他們埋葬的，因為瑪麗亞修女正在為我做一件將來在受任神職儀式上穿的長袍，好心的瑪麗亞修女認為我不久一定就會被授任為神父，她一直在很認真很仔細地為我縫製這件長袍，就是瑪麗亞修女堅持一定要把這件沒有做完的長袍做好，然後再和我一起埋葬……三天之後，等到瑪麗亞修女把長袍做好的時候，我在棺材裡甦醒過來了……」

「那你為何不馬上趕來，為何要拖延到今天，拖延到木已成舟，拖延到已經辦成死案你才來？」

「孫大人，你自己也看到了，我的腿被打斷骨折了……幾個月來我一直躺在床上無法行走……如果不是教會醫院的馬修醫生，也許我永遠也不可能再走路了……」張馬丁不想說出所有的原因，那不僅因為是無法啟齒的，更因為在他看來那最終是一件自己的事情，是一件自己要獨自面對天父的證明。為此，萊高維諾主教無法理解，瑪麗亞修女無法理解，眼前這位驚慌失措的官員就更無法理解。

孫孚宸幾乎要喊起來，「人死而不能復生……你如今死而復生，本官如何能讓張天賜死而復生……死了就是死了，殺人就要抵命……你不看看現在外面民怨沸騰到何種地步？你說你死而復生，你可知道這要鬧出多大的亂子，又要鬧出多少條人命……你怎麼敢妄稱自己死而復生，自己就是張馬丁？你說出來，你到底想要幹什麼，本官或許能替你另做打算。」

張馬丁在胸前畫著十字，「……不可作假見證陷害別人，這是聖主給我們的第九條戒律，我現在已經活了，孫大人，我沒有任何別的打算，我的打算就是來向你作證，告訴你我還活著。我只有一個唯一的願望，我只想要人們真心相信天主，不希望有任何人被謊言欺騙而信天主，不希望有任何人被強迫而信天主，哪怕只有一次，只有一件事，只有一個人被欺騙、被強迫，那也是對天主的背叛。」

看著孫孚宸驚恐萬狀的臉，張馬丁忽然覺得像是面對了一面牆壁，一瞬間他放棄了說服對方的意願。再一次抱起了拳頭，「孫大人，為了不連累任何人，為了不連累教會，我已經向高主教正式宣布自行退出教會，由我一個人獨自承擔這件事情的一切後果。如果你的上級向你追問責任，我也願意出面向他們說明真相。孫大人，你已經看到我了，我也早已經嘗到了外面的民怨沸騰……可是，我不能不到他們中間去，我必須把真相告訴人們。我不只要到你的縣衙門來，我還要去天石村，去看看那個因為我而被砍了頭的可憐的人……」

孫孚宸忽然意識到了另外的危險，他急忙勸阻道：「你不能再到外面去……你在亂民之中，本官不能確保你不再發生危險……」

張馬丁轉回臉來，再次微微一笑，「我現在已經不再需要安全。」

「你不需要，可本官不能不需要，只要是在東河縣內，只要是在我的治下，就不能再有半點閃失……你們洋人哪裡懂得這些亂民，你們哪裡懂得什麼叫民不畏死，他們拚起性命來忘乎所以就像飛蛾撲火。」

張馬丁冷靜地回答道：「我已經在火上被燒過了。」

「你去了天石村，他們一定會殺了你，會把你千刀萬剮、撕成碎片兒！」

「那就讓我變成碎片。」

說罷，張馬丁掉頭而去，冬天的陽光從縣衙大堂外面斜照進來，他瘦弱的身體鑲嵌在兩根巨大的立柱之間，強烈的逆光讓整個身體輻射出一圈光輪，略微有些歪斜的跛腿讓光輪一擺一擺地搖晃起來。

看著那個在陽光裡來回搖擺的背影漸漸離去，目瞪口呆的孫孚宸只說出一個字，

「你……」接著，又憋出半句話，「……不可理喻……不可理喻……」忽然，他又想起了什麼，對著背影急切地叫喊，「你說，高主教為什麼不同你一起來？高主教為何從來沒有對我說過你死而復活的事情？」

張馬丁還是沒有回頭，也還是沒有說話。這正是他難以啟齒，不想回答的。

在一連三位前任知縣都因為辦理教案不力被革職以後，新上任的東河知縣孫孚宸給自己定下一個鐵打的規矩：一切事情只要和洋人的教會有牽扯，不問對錯，只看天石鎮天主堂高主教的臉色行事。只要高主教高興就好，只要高主教滿意就辦。如今的世道是信教的百姓都站在洋神父的身子後頭，進得大堂來不再給坐堂的官員磕頭，說是信教的人只給主下跪，不給任何活人、死人、偶像下跪，這是絕不容違反的戒律。現在的大清朝只剩下不信洋教的百姓還給當官的磕頭，當官的給朝廷磕頭，朝廷給洋人磕頭。一個區區七品知縣難道還怕給高主教磕頭麼？更何況，高主教每次進衙門來辦事，都專門要乘坐四人抬的綠呢大轎，轎子前後騎馬跟班、紅綢蓋傘一應俱全。而且高主教的帽子上嵌著一顆紅珊瑚頂珠，有這顆欽賜的二品頂戴的紅珠子頂在頭上，高主教進出縣衙、府衙、總督衙門如履平地。一個七品知縣給二品頂戴的大員磕頭辦事豈不是天經地義、順理成章的麼？

可是老辣練達的孫孚宸萬萬沒有料到，他竟然會遇到這樣的一樁奇案。洋人《聖經》裡才有的事情，怎麼就會活生生的發生在自己眼前，怎麼就會把自己一下子牽扯到這樣的生死危機之中。至於張馬丁本人到底要幹什麼，張馬丁是死是活，孫孚宸並不關心，他關心的是如今這個風聲鶴唳的局面，義和團，紅槍會，白蓮教，大刀會，像野草一樣鋪天蓋地，到處滋生。上面傳下來的旨意左搖右擺，一會兒要即刻剿滅嚴懲不貸，一會兒又要懲首解從不可株連濫殺，一會兒又要求各級地方官嚴查是非，不得添薪止沸、為淵驅魚……真正是山雨欲來風滿樓，眼看著大難臨頭，只要一顆火星就會引來燎原大火，到時候，自己要弄丟的恐怕就不僅僅是這頂七品知縣的頂戴。如今是洋人惹不得，教民惹不得，教會惹不得，鄉間社團惹不得，顆粒無收的饑民更是惹不得。眼睜睜看見馬上就要洪水滔天，可又沒有任何辦法，沒有任何人能擋住這沒頂之災。孫孚宸不由得慨嘆只有生在這樣的亂世，才會知道什麼叫生不逢時，什麼叫家國不保，什麼叫度日如年，真正情何以堪！

或許是急中生智吧，孫孚宸忽然心裡暗自思忖：「這個張馬丁一定要去天石村未必就是壞事……果真他去了，果真有人把他殺了，把他撕成碎片兒……也就成了真正的無頭案，誰還會為一個莫須有的死人立案追究麼……」

可是，轉念之間，他又想起了高主教，這個張馬丁為什麼對高主教語焉不詳？如果真的是為了他們的天主，為了他們的洋教，高主教為什麼不和他一起來呢？在天母河難道還有誰比高主教更願意替天主教辦事情麼？還有更為可疑的是，如果真是像他所說的那樣，為什麼幾個月來高主教對我隻字不提呢？高主教和張馬丁情同父子，難道這世上還有比兒子死而復生更讓人高興的事情麼？為什麼高主教竟如此諱莫如深？莫非高主教真的是在利用這件案子，想要拆除天石村的娘娘廟建起天主堂……孫孚宸不敢再想下去，如果一切真的像張執事所說自己是死而復生，那他這個知縣就在天母河辦下一件天大的冤案，哪裡還用等到天下大亂，只要這個真相傳出去，於上於下都沒法交代，自己也就死期臨頭了。沉思片刻，他啪地拍響了驚堂木：

「來人！」

一直站在階下侍候的衙役班頭陳五六當即拱手回復：「大人，小的在。」

孫孚宸推案而起，「備轎。去天石鎮。」

五

一路上孫孚宸都在斟酌如何開口才恰當。憑著多年打交道的經驗，孫孚宸自認為摸透了洋人的脾氣，可眼前發生的事情實在讓他匪夷所思，實在是遠遠超出了任何可以判斷的人之常情。他猜不透在那一對父子之間到底發生了什麼？高主教本人到底對這件事情是反對還是贊同？這個活著的張執事到底是一意孤行，還是受了高主教的指派？如果不是發瘋，一個人怎麼可以如此的自戕自害、自尋死路而後快？在這一團亂麻中間，眼看大禍臨頭，自己到底怎麼做才能自保無虞？隔著轎簾轎夫們雜亂的腳步和粗重的喘息聲，在昏暗中紛至沓來，孫孚宸不由得悲從中來，自己這個七品知縣真還不如這些任人驅使的苦力，縱有千斤重擔，縱有泰山壓頂，也不會有任何人來和自己分擔。

儘管已經習慣了被對方鄙視，可來到面前的時候，孫孚宸還是對萊高維諾主教拒人千里之外的滿臉冰霜驚詫不已。在接到孫知縣求見的消息後，萊高維諾主教讓人直接把孫孚宸領

到了張馬丁的墓碑前。萊高維諾主教指著墓碑上的碑文，冷冰冰地宣布，

「孫知縣，我知道你肯定會來找我，這就是你想知道的事情真相。張馬丁執事已經死了，你是親自查驗過屍體的，張馬丁執事已經被埋在這座墳墓裡。去找你的那個人叫喬萬尼·馬丁，他與本案無關。」

孫孚宸拱手苦笑，「高主教，下官現在不想開棺驗屍，也不想知道張執事和你說的喬萬尼·馬丁到底是不是一個人。這件案子已經審成鐵案，被斬首的張天賜更是不能死而復生。」

萊高維諾主教有些詫異地看著對方，發覺自己低估了對方，「孫知縣，那你來找我要做什麼呢？」

孫孚宸從袖筒裡抽出一個紙卷打開來，「這張揭貼如今四下張貼，到處流傳，我是特意送來給高主教看看的。」

隨著展開的紙卷，高主教看到滿紙潦草的字跡：

神助拳　義和團　只因鬼子鬧中原
勸奉教　自信天　不信神　忘祖先
男無倫　女行奸　鬼孩俱是子母產

如不信　仔細觀　鬼子眼珠俱發藍
天無雨　地焦旱　全是教堂止住天
神發怒　仙發怒　一同下山把道傳
非是邪　非白蓮　念咒語　法真言
升黃表　敬香煙　請下各洞諸神仙
仙出洞　神下山　附著人體把拳傳
兵法藝　都學全　要平鬼子不費難
拆鐵道　拔線杆　緊急毀壞大輪船
大法國　心膽寒　英美德俄盡消然
洋鬼子　盡除完　大清一統靖江山（注）

萊高維諾主教憤怒地質問，「你是來拿這些邪惡的煽動威脅我嗎？」

孫孚宸急忙拱手，「豈敢，豈敢！高主教，我只是想讓你知道眼下的情形，有備無患。」

「孫知縣，這些刁民是你的子民，管理他們是你的責任！保護教會才是我的責任！」

孫孚宸連連點頭，「權內之責，下官絕不敢推諉！」說著轉過話題，「高主教，下官記得你曾經告訴我，你和張馬丁執事情同父子，你是特意把自己的棺材拿出來給張執事下葬的。」

一絲難以察覺的悲傷在萊高維諾主教的眼睛裡稍縱即逝。他在胸前畫出一個十字，「你已經看到了，我的兒子埋在這座墳墓裡。」

孫孚宸謹慎地拿捏著字句，「高主教，有一句話不知下官當講不當講？」

萊高維諾主教直接擋住了對方的謙卑，「你不正是為了講這句話才來找我的嗎？」

孫孚宸盡量誠懇地力陳利弊，「高主教，天石鎮教案我事事遵照你的意思，主犯張天賜是你確認的，一定要在天石村行刑斬首，也是主教一再堅持的，為此還驚動了總督大人，特別派遣一隊巡防營新軍前來壓場。說天石鎮教案鬧得全省上下沸沸揚揚一點也不為過。好在有驚無險，沒有再惹出更大的亂子。可是，高主教，我想請教的是，既然我們已經共同結案，為何這位喬萬尼·馬丁先生又出來蠱惑人心？你們的這位喬先生四處放言，說他是張馬丁死而復生。高主教可知道他這樣做的後果麼？」

「孫知縣，我剛才已經說過，張馬丁執事三個月前就已經下葬，他的墓碑就立在你我面前。你說的這位喬萬尼·馬丁已經和教會無關，他已經自行宣布自動退出教會。我也已經告

注：這首揭帖轉引自《義和團運動的起源》二九四頁，周錫瑞 Joseph W. Esherick著，張俊義、王棟翻譯，江蘇人民出版社，二〇〇五年，第五次印刷。

知天母河教區各堂神父，喬萬尼・馬丁先生已經自行脫離教會，我們不能為他今後的行為負責。」

「高主教，我不是來讓你負責的。我是來告訴你，天母河兩岸的百姓是不會認為這件事情和教會無關的。」孫知縣指著圍牆的外邊，「高主教，你現在知道什麼叫民怨沸騰吧？我們中土有一句話叫引火焚身。天石鎮教案鬧得全省上下沸沸揚揚，無人不知，兇手張天賜為此被斬首示眾，可如今那個被殺死的教堂執事忽然現身，說他死而復生，說他就是張馬丁。喬先生所做之事，就是在民怨沸騰之際引火焚身。請高主教恕我冒昧，天石鎮教案已經讓你我連在一起，我今天來只想問一句話，高主教是想和我一起在燎原大火裡化為灰燼呢，還是想和我一起同心協力死裡逃生呢？」

高主教莊嚴地舉起了掛在胸前的十字架，「孫知縣，我是傳教士，在一切災難面前，我只相信天主的指引，我此前所做的一切也都是遵照了天主神聖的旨意，如果天主因此一定要讓我遭受災難，我只能接受，經歷災難就是經歷天主恩賜的洗禮。你是異教徒，你我要去的地方截然不同，我怎麼可能和你一起逃生？我自己的事情，我自有安排。孫知縣，作為知縣你應當履行你自己的職責，你現在必須要做到的事情，就是不能再讓你的百姓變成暴民！」

孫孚宸哭笑不得：「高主教，普天之下沒有任何一個百姓會以死為樂、甘當暴民的。如今，國朝之內在教與不在教的百姓情同水火，豈是我一個七品知縣可以左右的？高主教，下官實在無法明白，張執事說他是為了天主的信義才出來擔當這件死而復生的怪事，現在你也說你是遵照天主的指引寧願接受災難。難道你們黑白兩端，水火不容的雙方都是為了同一個天主麼？還是你們各為其主？」

萊高維諾露出難得的笑容，「孫知縣，如果有一天你能接受洗禮，我很願意為你解釋這個難題。」

孫孚宸明顯地感覺到了一絲嘲諷，不由得脫口應對，「高主教，在你們的天主來到中土之前，中土百姓已經世代繁衍、薪火相傳數千年。高主教，你的難題不是讓我孫某人一人受洗，是要讓中土億萬人歸順天主，即便為天主著想，你們也肯定不是來此地引火燒身的。」

萊高維諾主教再次舉起了十字架，「地獄之火燒毀的將是萬劫不復的罪惡！」

孫孚宸也再次謙卑地拱手相對，「高主教，如你所言，我是異教徒，我此來絕不是為了和你一爭高下，也絕不想冒犯天主。我是本地知縣，我是來告訴你，我手上可以差遣的不過就是十幾個衙役、捕快，並無一兵一卒可以用來保護全縣的天主堂和教士、教民。在天石村行刑那天壓場的一隊官兵，是總督大人為防萬一特別從省裡調派來的巡防營新軍，他們早已經奉命返回。高主教，我區區一個知縣竭盡所能可以做的，就是不要等到大火燎原了才來救火，而是在大難臨頭之前不要讓火燒起來。」

萊高維諾主教毫不退讓，「孫知縣，那責任是你的，不是我的。」

孫孚宸的苦笑變成了淒然，「高主教，下官豈敢一絲一毫推諉責任。如果三個月前，能讓我略知一二，早做應對，何至於像現在這樣措手不及……高主教，依你之見，這件事情我現在到底怎麼辦才對教會有利而無害？」

孫孚宸覺得自己設身處地的講話策略再次奏效，他看見萊高維諾主教放下了他的十字架，半晌無語。可孫孚宸並不知道，萊高維諾主教正在沉默中煎熬著自己的尊嚴。讓萊高維諾主教深感痛苦的不是即將來臨的災難，而是災難來臨之際，任何人都可以認為憑藉利害兩個字就能來碰觸自己的尊嚴。現在，連這個圓滑的官員也覺得可以為了權衡利害來和自己推心置腹。

孫孚宸進一步試探，「高主教，我現在最擔心的就是那位喬先生的個人安危，他說他一定要去天石村，可我料定那一定是凶多吉少，很可能轉眼又是一樁驚天命案！」

聽到這句話，萊高維諾主教立刻變了臉色，沉吟片刻後他還是毅然說了出來，「背叛者必有背叛者的結局，也許這正是他自己想要得到的，那是他自己找到的去處，那是他的血田！」

孫孚宸有點不相信自己的耳朵，「可高主教，喬先生說他就是張執事，他不是你視如己出的兒子嗎……」

萊高維諾主教立即伸出手來制止，「不，他不是！我的兒子已經死了！孫知縣，我們不在教堂的神聖之地談論污穢之物！」

孫孚宸瞪大了眼睛，「高主教，你是說……」

萊高維諾主教在胸前畫起十字，「孫知縣，我手上的這本《聖經》裡說，人子必要去世，但賣人子的人有禍了！那人不生在世上倒好。阿門。」

儘管是驚訝萬分，但是孫孚宸還是覺得自己聽懂了萊高維諾主教的話。可聽懂之後卻又讓他百思不得其解，他呆呆地看著萊高維諾主教手裡那本厚厚的《聖經》，心裡不由得感慨萬端，

「天可憐見，這到底是一對什麼父子？他們又到底為了什麼反目成仇？他們各自站在黑白兩端，各有自己的天主可以依靠。我可怎麼辦？我可怎麼對付天石村的百姓，我怎麼才能讓他們相信這位喬先生不是張馬丁？我怎麼才能挽狂瀾於既倒？蒼天在上，誰來搭救我孫某人？」

萊高維諾主教忽然放下了所有的冰冷，轉過身去自言自語，「所有的懲罰都是拯救，這一切都是我應得的。」

目瞪口呆的孫孚宸被萊高維諾主教拋在身後。孫孚宸不由得想起在縣衙大堂裡和張馬丁的對話來，連連搖頭嘆氣，心裡叫苦不迭，「雞同鴨講……雞同鴨講……不可理喻……不可理喻……」

第四章　燭光

一

像是有兩把鐵錐子刺穿了耳膜，從兩個耳洞裡一直穿到後腦勺，然後在腦子裡不停地攪拌。又好像有無數把尖刀在身體上劃過，被劃開的皮肉又被猛烈地撕扯著離開自己的身體。橫掃一切、驅趕一切的疼痛，把張馬丁還原成毫無意識的原始肉體。張馬丁在敲骨吸髓般的疼痛之中掙扎著，下意識地發出呻吟。迷離之中他覺得自己落在一片湖水裡，直覺告訴他這是一片無比溫暖、可靠的湖水，於是，在徹骨的疼痛中，張馬丁呻吟著任由自己在水中沉沒。

不知過了多長時間。

張馬丁再一次從劇痛中醒過來，他發現自己一絲不掛地被一個人抱在懷裡，兩只豐滿的乳房柔軟、溫暖地緊貼在自己的後背上。

張王氏把手從張馬丁的胸口上拿開，支撐著身子把臉探到張馬丁的對面，由衷地鬆了一

口氣，

「唉——，我就知道你死不了，聖母娘娘顯靈給我送來的人，哪就能死了呢！我說給你吧，那年個冬天，我弟弟出去拾柴火迷了路就凍成你這個樣兒了，不會說話，也不會動彈了，身子都凍硬了。人人都說我弟弟死定了，我媽不答應，我媽就把我弟弟脫光了，她自己個兒也脫光了。我媽說，背薄如餅，肚深如井，暖人得先暖後背。我媽就蓋上被子，把我弟弟摟在懷裡兒捂著，一直捂到我弟弟哭出聲來。我就知道你死不了，聖母娘娘給我送來的人，哪就能死了呢！身上疼吧，知道疼人就活過來了！疼得要命吧，要不，一個大男人家哼哼啥呀你說？」

張馬丁下意識地扭動了一下身體，想要說話，可說不出來。

張王氏並不理會張馬丁的反應和表情，她從容不迫地把胳膊收回來再次回到剛才的姿勢，從背後把張馬丁摟在自己懷裡，「我別把這點熱呼氣涼沒了，再暖一會兒，等你全都緩過來了，就讓你喝我熬的棒糝兒粥，喝了粥，出了汗，我就知道你到底兒是不是天賜轉世，到底兒是不是我的人了。」

劇痛之中張馬丁再次努力地動了動自己的身體，在一陣無力的抽搐和更加劇烈地疼痛之後，他無望地放棄了努力。腿和手臂都是麻木的根本不聽指揮，像是別人接在自己身上的木頭棍子，舌頭也是麻木的，也好像是塞在嘴裡的一塊木頭。除了肌肉痛苦地抽搐而外，他不能做出任何有效的動作。驟然間，他心裡掠過一個恐怖的念頭：自己是不是永遠就會像這樣變成一截無用的木頭？

可是，一眨眼，貼在後背上的那對柔軟溫暖的乳房，纏繞在身上的這個熱情四射的女人，讓他再一次在昏睡中沉沒。

又不知過了多長時間。

張馬丁終於從昏睡中徹底清醒過來。聽到屋子裡的響動，他想側過頭，可是凍得只剩下半邊的耳朵被他不小心壓在枕頭上，鑽心的疼痛立刻讓他倒吸冷氣轉回到原位。

看到他動，張王氏端著用蒲草編的暖盆走過來，放下暖盆，抱住張馬丁的脖子，在他後背加進一只枕頭，讓他舒服地靠在枕頭上。而後，打開暖盆，掀開鍋蓋，立刻黃燦燦的棒糝兒粥溢出一股香甜的味道。張王氏拿起銅勺，攪攪砂鍋，把一勺香噴噴的棒糝兒粥送進張馬丁的嘴裡，接著，又連續送了幾勺。而後停下來，看著對面這個男人貪婪地把粥嚥下去，張王氏目光灼灼地笑起來，

「是，是我的人，忒是我的人了，是我家天賜轉世又回來了！天賜呀天賜，我的那親人，最後一頓棒糝兒粥到底兒讓你給喝上了……聖母娘娘也怕不要命的，我告給她了，快點把我的男人給我送回來，再不送，我就還燒你的廟！再燒，我就燒塌了這座廟，燒他媽屄的片兒瓦不留……哈哈，聖母娘娘她也怕不要命的，我等了沒兩天，她就趕緊把你給我送到

我的廟裡兒來了！天賜，快著，快喝，還是咱的砂鍋，還是咱的銅勺，喝完了這一鍋，我再給你熬去。這會兒咱們不愁沒有棒子糝兒，我現在說一句話，在天石村就沒有辦不成的事情！」

黃燦燦的棒糝兒粥很香，很甜，張馬丁覺得自己好像從來就沒有吃過這麼好吃的東西。漸漸地，有汗水微微地從身上和額頭沁出來，張馬丁這才覺得自己的身體終於舒展開來。看著眼前這個陌生、殷勤的女人，張馬丁從被子底下抽出手來想擋住伸過來的銅勺，可是手舉在半空裡停下來，他猛然看見自己的手指頭全都變成可怕的黑青色。

張王氏放下銅勺，接住他的手放進被子裡，「別瞧啦，都是這個樣兒，手指頭和腳趾頭都是這個樣兒，都是黑青黑青的，耳朵凍得就剩下半拉，不是我在廟裡兒等著，你早就凍死了你。天賜呀，轉世就轉世唄，神童就神童唄，你說聖母娘娘叫你當個轉世神童咋兒就把你給轉成個洋人了呢？」看見對方詫異驚訝的臉，她又說，「當家的，你倒是跟我說句話呀你！不認識你老婆啦？我是迎兒他娘，我是石榴呀！」

張馬丁再一次把黑青的手從被子裡伸出來，他看著眼前這個目光炯炯的女人，搖搖頭，「我不是你的天賜，我是張馬丁。」

張王氏笑了，「你當我眼瞎呀？你當我認不出你來呀？你不就是成天界站在高主教身子後頭的那個張執事嗎。都說你叫我男人給打死了，叫我男人給抵命的那個洋人不就是你嗎。

你不是早就給埋在天石鎮天主堂的墳地裡兒了嗎？你死了，可我男人活了，是聖母娘娘叫我男人轉世轉到你身上了！你就是聖母娘娘派來的轉世神童！你一個洋人哪懂得啥叫轉世托生呀。聖母娘娘叫你啥時候來，你就得啥時候來。你要不是我家天賜，你能大黑天兒的認得回家的路嗎？你能一個筋斗就栽到我眼跟前兒嗎？你能這麼愛喝我的棒糝兒粥嗎？你好好看看，這暖盆兒，這砂鍋，這銅勺兒，都是你走那天我給你熬粥用的傢伙，可惜了兒的，走那天你一口也沒喝上，全給灑在青石板上了……金黃金黃的……血紅血紅的……我的那親人吶，可都是熱的呀……人們擠過來擠過去，擠過去擠過來，全都是人腿，就把我給擠到了，我跪在地上全都看見了……金黃金黃的……血紅血紅的……都在青石板上冒白煙兒啊……」

眼淚從女人目光炯炯的眼睛裡噴湧而出，一眨眼，就把碎花紅棉襖的前胸打濕了一片。

張馬丁看著這個又哭又笑的女人，再一次肯定地搖搖頭，「我真的不是天賜，也不是轉世神童，我真的是張馬丁，石頭打在我的頭上讓我昏死過去，但是我沒有死成，我又從棺材裡甦醒過來，這一切都是當著瑪麗亞修女的面發生的。是我們教會醫院的馬修醫生救活了我，治好了我的傷。我已經去東河縣城見過了孫知縣，告訴了他真相。我還要來天石村，告訴天石村的村民，我沒有死，我又活過來了。」

張王氏又笑起來，「聖母娘娘叫你活，你還能不活過來？你要再不活過來，你要再不找我來，我就燒了她的廟！」

張馬丁急切地辯白，「不是聖母娘娘叫我來的，是我自己要來的，我來是為了告訴你們，我就是那個大家以為我死了的張執事，我沒有死，我又活過來了，我要遵守和天父定下的戒律：不可作假見證陷害人。我寧願死，也不願對天父撒謊！我願意用我的死來換取對天父信仰的純潔！」

張王氏極為自信地拍拍張馬丁的肩膀，「天賜，你急啥呀，不用賭天發咒的，我聽明白了，你就是說你不願意說瞎話唄。我也不跟你說瞎話，連我搬了家你也能找來，這還能不是一家人嗎？你一個筋頭摔到我眼皮兒底下，我一眼就認出來你是我男人，這事情還能是假的嗎？深更半夜，天還沒亮，就從天上掉下個男人來，是我把你從大殿裡兒揹到這間廂房裡兒來的，荒天黑地，這娘娘廟裡兒，這熱炕頭兒上，就是咱們一男一女兩口子，你都快凍死了，人都成了硬的，是我在被窩兒裡兒把你捂活過來的，這還能是假的嗎？這就是聖母娘娘她顯靈啦，你想不來都不成！」

張馬丁忽然間醒悟過來，「你是誰？難道你就是張天賜的媳婦嗎？」

張王氏拍著手笑起來，「看看、看看，醒過來了吧？明白了吧？繞了這麼大一圈兒，還是得認吧！天賜呀，你就不能好好跟我說句話嗎，你不用跟我難道、難道的，跟自己家裡兒的人說話，跟自己老婆說話，還有啥難道不難道的！」

張馬丁終於弄明白了自己現在的處境，終於弄明白了自己現在面對的是誰，也終於弄明白了是誰救了自己，讓自己第二次死而復生。眼淚立刻從他的面頰上淌下來，這個可憐的女人，這個因為自己而失去了丈夫的女人，居然又奇蹟般地用她的身體把已經凍僵的仇人救活了。張馬丁來到天石村本來是想說明真相之後接受懲罰的，這幾天的經歷，早已經讓他看到了自己會受到什麼樣的懲罰。張馬丁是抱著必死的決心來到天石村的，他本以為自己會被鋪天蓋地的仇恨所淹沒，本以為自己走向天石村的路，就是走向各各他的獻身之路，可他萬萬沒有想到一切竟然是這樣的不可思議，自己遇到的竟然是一個因為失去丈夫而發瘋的女人，這個悲傷、絕望而又瘋狂的女人，唯一想看到的事情就是丈夫轉世復活。丈夫的轉世復活成了這個女人活下去的最後理由和希望。

看見他哭，張王氏急忙伸出手來替他擦，「你看看你，好好的，咋兒就哭了開了，天賜呀，別急，有話好好說，就咱倆人臉對臉，還有啥話說不清楚的。」

張馬丁避開給自己擦淚的手，「謝謝你救了我，謝謝你在我離開教堂後的第八天，讓我再一次死而復生……可是，我一定要告訴你，我就是張執事，我是你們的仇人，你的丈夫就是因為我而被砍了頭的……我告訴過瑪麗亞修女，也告訴過高主教，我來到天石村沒有任何別的打算，我的打算就是來向你作證，告訴你我還活著，我沒有被你丈夫打死。我只有一個唯一的願望，我只想要人們真心相信天主，不希望有任何人被謊言欺騙而信天主，不希望有任何人被強迫而信天主，哪怕只有一次，只有一件事，只有一個人被欺騙、被強迫，那也是對天主的背叛。天哪……慈悲的天父寬恕我吧，我現在真的已經無法向你說清楚我自己還能為你做什麼，我願意接受你的任何懲罰，我願意為你做任何事情，我願意你把我撕成碎片，只要你能相信我是為了真相而來，我絕不願意為了躲避懲罰而苟且偷生，更不願意為了謊言而活在世上……我願意用我的死來換取對天父信仰的純潔！你為什麼不恨我，你為什麼不殺了我……」張馬丁說不下去了，面對著這樣一個女人，他覺得一切語言都顯得輕薄而又多餘。

張王氏不顧他的躲避，還是擦乾淨了他臉上的淚水，「天賜，別哭，我明白你的心吶，你就是眼睛裡兒容不得一粒兒砂子，你就是一輩子也不想辦一件兒對不起人的事情，天賜呀，你為大家夥的事情、為了保住娘娘廟把命都捨了，你還有啥對不起人的呀……天賜，別哭，哭得叫人怪心疼的……我的心早就撕成一片兒一片兒的啦，你就別再撕了……快別哭了，快別說胡話了，我咋兒能殺了你呢，你是我爺們兒，你是我當家的，你都叫黑了心的官府和高主教殺了一回了，我咋兒能捨得再殺你呢，殺了你咱倆的事情就辦不成了……你走那天，我沒敢跟你說，你的種兒還是沒留下……可天佑他沒膽子，天佑他不敢做……聖母娘娘叫你轉世回來，就是想讓你生個兒子，就是想讓你留下個種兒！你不是到死都沒有個兒子嗎？你不是做夢都想有個兒子替你頂門立戶、報仇雪恨嗎？天賜呀，你不是啥事情都願意為我幹嗎？別的都不用你幹，你就把你的種給我留下。當家的，你睜睜眼吧，是我，我是跟你一個炕上睡了十年的石榴，我是迎兒他娘！」說著，她坐到炕上，開始把衣服一件一件脫下來，「天賜，我剛才就喝了棒糝兒粥，身子熱過來了。這會兒你也喝了，你身子也熱過來了，咱快點把事情辦了吧……這回可是好了，娘娘廟裡兒可沒有狗日的黑心官爺們，娘娘廟裡兒就有咱們倆，這回咱們有的是工夫，咱們還是照著上回那樣，咱們還是按我喜歡的樣法兒來，還是陰陽顛倒，天賜，你慢慢種，把你的種子都給我留在身上……我可捨不得你死，你要是死了，我再找誰要種子去呀，沒有種子我上哪兒給你生兒子去呀……來，天賜，快著，這一回你不種上種兒，咱就不離開我的廟！」

張王氏一下子把被子掀開騎上身去，兩個一絲不掛的身體驟然間四目相對。此生此世，張馬丁第一次這樣赤裸裸地面對一個女人。他像個孩子一樣，下意識地伸出黑青的手去遮擋自己的私處。可是生命的本能比他的羞恥心不知要強大多少倍，張馬丁驟然間感覺到了自己不可救藥的勃起，他絕望地看見自己充血的身體不可阻擋地膨脹起來，堅硬直挺地豎立在自己的靈魂之外。張馬丁無地自容地閉上了眼睛，在心裡絕望地哭泣，

「慈悲的主啊……為了祢獻身而死是一件多麼容易的事情呀……慈悲的主啊，現在，在這個異教的神廟裡，在這個悲傷而又絕望的女人身體下面，祢還能寬恕我的罪惡嗎……慈悲的主啊，現在，祢讓我把我的信仰放在何處呢？……主啊，祢還能接受死過兩次又復活過兩次的我嗎？祢還能接受離開祢的背叛者嗎？那個萬里迢迢追隨祢到中國來的張馬丁，那個在

瓦拉洛長大的喬萬尼．馬丁，從現在起，從離開教堂的第八天起，才真正永遠的死了，才真正永遠地被埋在過去的墳墓裡……慈悲的主啊……我已經為祢死過兩次了，現在才明白，為了祢獻身而死是一件多麼容易的事情，而活著把信仰留在心裡是多麼艱難，就像讓人用石頭把大海填滿……慈悲的主啊，我現在到底應該交給她什麼樣的真相？告訴她，我不是她的丈夫讓她絕望而死？還是默認她的幻想，以此來為我先前的傷害贖罪？我有權利以獻身之名殺人嗎？我有權利讓這個救命的恩人再一次地被屠殺嗎？可是，我有權利以罪惡來拯救她嗎？如果這也是罪惡，那真正的善良又是什麼呢？慈悲的主啊，請祢回答我！我唯有求得祢的寬恕，可祢還能寬恕我的罪惡嗎？離開祢我才知道什麼叫迷途，主啊，祢還能為我指點迷途嗎……父親哪……我兒我在這裡……請看火與柴都有了，但燔祭的羊羔在哪裡呢……我兒，神必自己預備做燔祭用的羊羔——阿門……神必自己預備做燔祭用的羊羔——哈利路亞……神必自己預備做燔祭用的羊羔——以馬內利……神必自己預備做燔祭用的羊羔——阿門……阿門……阿門……」

那個赤裸而忘情的女人也哭，「天賜……天賜……你說你轉世托生咋兒就非要托生成個洋人呢？你咋兒不自己個兒回來呢？你轉世托生成個洋人，你還是活不長，你一出這個門兒，天石村的人們就能把你撕成碎片兒……這一回給你生了兒子，咱就把兒子留給天佑養活吧，咱倆就一塊兒死吧……我實在是不敢一個人留在這世上受罪了……這麼一片兒一片兒地撕碎了活著，真不如快點兒死了好，死的愈快愈好！天賜呀天賜，我的那親人……你好好的做，你可一定得把你的種子給我留下……現在整個兒娘娘廟都是咱們的殿，這兒沒有官爺，沒有洋人，沒有砍人的鬼頭大刀，沒有放槍子兒的官兵……沒人敢罵你，也沒人敢打你……這兒是咱的女兒國，咱住在咱自己的殿裡兒誰也不用怕……你不光得把種子給我留下，還得給咱們女兒國留下，得給家家戶戶都留下你的種子，叫他們殺不完，砍不光……叫他們永輩子也殺不完，砍不光……天賜，天賜，我的那親人，我的那親親的人呀……」

二

印房裡被兩盆炭火烤得暖暖的，蓮兒的心裡很著急。

可陳五六不急，陳五六不慌不忙，用手裡的趟子在南紙上仔細地最後輕輕拍過，然後，打開夾板，小心地從木刻套版上揭下畫來，雙手拎著紙角撐在自己面前，上下打量，又轉過頭去對照牆上那幅裱好的戳刀門神。

陳五六喪氣地搖搖頭，「咳——，白搭，不服氣就是不行，費多大勁也弄不過常七彩，還是不像，怎麼看，怎麼不像！就是沒那個精氣神兒！」

葫蘆在一邊含蓄地笑笑，「敢情，我爸門神的那股子精氣神兒，是他一輩子攢出來的。」

陳五六還是搖頭，「就是為了要他這股色（ㄕㄞˋ）氣，我專門留了幾刀真色南紙，就不敢用這西洋紙、東洋紙，就知道洋紙太亮，一上色，就走，不穩。」

葫蘆點點頭，「敢情，大表舅，還是內行。」

陳五六專注在自己剛剛套印出來的畫上，沒看見葫蘆的表情，自顧自說，「內什麼行呀，碰上常七彩，誰還敢說內行這兩字兒？」

蓮兒在一邊悄悄跺腳。

葫蘆看見了，葫蘆眨眨眼，又笑了，「我跟我爸學了七八年，見天兒挨打受罵，弄出來的活兒也還是個不行！大表舅這才費了多大功夫啊？」

陳五六一下回過頭來，看見了葫蘆的笑容，「葫蘆，照你這麼說，我是欠打呀？」

葫蘆嚇得連聲求告，「大表舅，大表舅，您這不是要我的命嗎？我哪敢這麼跟您說話兒呀？我要真這麼著，我不是找死嗎我！」

陳五六轉過頭來看看蓮兒，「有這麼個小妖精給你撐腰，你還知道害怕我啊？」陳五六故意拿話扎人，「你們不就是嫌我在這兒礙事嗎，我這就走，趕緊著騰地方。」

蓮兒一下子紅了臉，連聲叫喊起來，「誰是小妖精？誰是小妖精？……」

「我是。我是。」一面說著，陳五六哈哈大笑走出印房，大聲招呼，「老三，老三！你留神瞅好了炭火盆，別忘了換！」

看著陳五六走遠了，蓮兒捂著嘴笑起來，又催促葫蘆，「快，百成哥，快著拿出來叫我看看！」

葫蘆趕忙從案子下邊拿出畫卷，得意地在蓮兒面前展開來，「趕快瞅瞅，看看像不像你？」一邊說著，又從案子下邊拿出一面西洋鏡，對準了蓮兒。

看見葫蘆的畫，蓮兒半晌無語，愣在那兒不動。

葫蘆急了，「哎呦——你倒是說句話兒啊！」

案子上是葫蘆專門為蓮兒手繪的一幅「富貴長綿」。畫面上一位手持團扇的貴婦人，站在一盆牡丹花旁，貴婦人身穿紅地藍花的寬袖對襟長衫，萬字如意花扣的長衫下邊襯著藍底圍花筒裙，頭上簪了一條紅花攏髮，耳朵上吊了兩只翠玉鯉魚耳墜，粉面如玉，細眼長眉，一道淺淺的劉海搭在額頭上，又細又密，好像只要有風吹過就會飄浮起來。

葫蘆又催，「哎呦喂——您倒是說句話兒啊！」

蓮兒一動不動，蓮兒像是從夢裡醒過來，輕輕感歎一聲，「哎呀……百成哥，這畫兒上是我嗎？怎這麼好看哪……」這麼說著，兩行熱淚緩緩淌下來。

葫蘆被嚇得不知所措，趕緊伸出手來替蓮兒擦眼淚。

蓮兒的手就軟軟地抓住了葫蘆。

葫蘆不知如何對答，一時沒了主意，「哎呀……蓮兒，好妹子，要是知道惹你不高興，我就不畫它了……你看你，咋兒就哭起來了你……要不，我給你撕了它重畫……」

一面說著，葫蘆抽過畫，伸手就撕，只聽撕啦——一聲，畫邊兒被扯出一道斜斜的口子來。

蓮兒突然發瘋一樣叫起來，對著葫蘆又扯又打，「誰叫你撕啦？誰叫你撕啦……你賠我！你賠我你！」

葫蘆緊擋慢擋已經挨了幾巴掌，葫蘆邊擋邊問，「你不是不高興嗎？我給你重新畫一個更好看、更漂亮的……眨個眼的工夫就得。」

蓮兒不依不饒，「我不要……我不要，我就要我這張畫兒……」

葫蘆趕緊把蓮兒的胳膊攬在自己懷裡。

正鬧著，突然門開了。老三端著一盆通紅的炭火走進來。老三看看他們，老三沒說話，撂下手裡的炭火，又慢慢走過來，端起燒乏的炭火盆，不聲不響地帶上門，走了出去。

蓮兒忽然把葫蘆的手指頭咬在自己的嘴裡，輕輕說，「百成哥……你要是早點來我們家就好了……」

這次葫蘆聽明白了，葫蘆伸手把蓮兒緊緊地攬在自己懷裡。

三

眼看著孩子們狼吞虎嚥的樣子，張天佑放下筷子，提起燙手的酒壺，一仰脖子，把滿壺滾燙的薯乾酒咕咚咕咚灌了下去，酒力加上熱力，像是吞下一團火，從嗓子眼兒燒下去，一直燒到了心口窩的根兒底下。酒還是去年過年的時候打下的，沒捨得喝完，留在黑瓷酒罈子裡拿蠟封了口，本以為沒有多大的酒勁兒了，沒想到還是這麼衝。很快，猛烈的酒力又從心口窩衝到腦袋上，張天佑晃晃溫熱的酒壺，心想，還行，沒跑了味兒。一直站在灶台邊上忙活的媳婦，放下手裡的高粱穗炊帚，心疼地勸解，

「我說，你不能慢著點兒喝呀？你倒是吃口菜呀你！」

媳婦說的菜就在炕桌上擺著，一盤鹽水煮黃豆，一盤生拌蘿蔔絲。這都是壓箱子底兒的東西。媳婦捨不得，說黃豆是留著救命的，到了節骨眼上，一天一把炒黃豆，人能熬上兩三個月。可張天佑不行，張天佑說，明兒個是大年初一，迎兒、招兒頭一回在咱家過年，我不

能虧了這倆沒爹的孩子。

扎在炕桌邊上的一群小腦袋，每人捧了一個燙手的雜麵蒸餃子，只顧著低頭吃。雜麵加麩皮做的餃子皮兒，一盆蘿蔔絲剁碎了撒點鹽、放了兩勺棉籽油熗蔥花，就算是餡兒。餃子還沒出鍋，就聞見滿屋子油熗蔥花的香味兒，饞得孩子們在鍋臺邊上轉過來，轉過去。這會兒總算是把蒸餃子抓在手裡了，急得誰也顧不上說話。只有迎兒聽見嬸嬸的話了，迎兒抬起頭來，

「小叔……嬸子讓你吃菜呢，你咋兒不吃呢小叔？」

眼淚一下子撞上來。張天佑不想讓孩子看見，就狠狠抹了一把臉，「酒還怪有勁兒……」然後伸手拍拍迎兒的頭，「迎兒，你好好吃，別惦記小叔……小叔這會兒就想喝酒！」

迎兒伸手指指灶臺上的一小碟黃豆，「小叔，那碟兒黃豆兒是給誰留的呀？是給我娘留的唄？」

招兒也抬起頭來，「不是給咱娘，是給咱爹留的，是吧，小叔？」

好不容易壓下去的眼淚，又猛然撞上來，張天佑趕緊挪到炕沿上去穿鞋，「招兒，這碟兒黃豆兒不是給你爹留的，給你爹的，咱們咋兒個晚上就供獻過了，這碟兒黃豆也不是給你娘留的，是給鼠爺留的。去年個是豬年，今年個就是鼠年了，這碟兒黃豆兒是專門給鼠爺留

的，一會兒，小叔就給鼠爺上供去！」穿好鞋他又轉回身來，「迎兒，甭惦記你娘，你娘這會兒住在娘娘廟裡兒，給她上供的人多著哪！」

招兒又問，「小叔，我娘她咋兒就非要住在娘娘廟裡兒，她咋兒就不回家了呢？咋兒就是顯靈了呢？」

張天佑看看兩個眼巴巴的孩子，還沒張口，自己的眼睛先紅了，「迎兒，招兒，你倆記住，從今往後小叔就是爹，小嬸就是娘，小叔家就是你倆的家，柱兒、羔兒就是你倆親弟弟、親妹妹……你倆放心，只要小叔不死，你倆就能好好活著……」

天佑媳婦趕忙在一旁插話，「你瞅瞅你，大過年的又是活又是死的，再嚇著倆丫兒。」一面又把剛剛出鍋的雜麵餃子端上來，「來，迎兒，招兒，柱兒，羔兒，一人再吃一個，今兒個過大年，今兒個管飽了吃！迎兒，招兒，別惦記你媽。天母娘娘神靈下凡附在你娘身上了，你娘這會兒就是咱天石村的天母娘娘，住在娘娘廟裡兒，她餓不著，也凍不著，伺候她老人家的人多著吶！你娘這會兒住在她的殿裡兒當娘娘，她著誰去，誰就得去。她不著誰去，誰也不敢進去！」

孩子們都仰起臉來迷惑不解地瞪大了眼睛。

天佑媳婦接著說，「前些日子，你娘住在廂房裡兒誰也不叫進去，她就在廂房裡兒下示喚。她著誰進去，誰才能進。」

招兒問，「啥就是個示喚？」

「咳，連這個也知不道，示喚就是聖旨，就是天母娘娘下的令！我聽說，村西頭換喜媳婦，村北頭管同媳婦，十字兒上滿蕩媳婦，還有白蛾兒她娘，都接了示喚進去過，都是跟娘娘要兒子的！」

招兒不信，招兒說，「我娘自己個兒都沒兒子，就能給別人兒子？」

「傻丫兒，真是啥也知不道，你娘原先個是你娘，這會兒是天母娘娘，那就能一樣嘍？」天佑媳婦看著一片疑惑的眼睛反問孩子們，「看啥呀？不信吶？迎兒他娘說叫著火就著火，說叫颳風就颳風，不是娘娘下凡哪有這麼大的能耐？迎兒，你說，你娘原先個會颳風會著火不會呀？」

迎兒肯定地點點頭，「我娘原先不會。」

「這不就對了，這就是天母娘娘神靈下凡了。也是得下來看看啦，這天都旱成什麼樣兒啦，這世道都亂成什麼樣兒啦？再不下來看看，老百姓都沒法兒活了！再說咱天石村的老百姓供娘娘都供了幾百幾千年了，也不能一回靈也不顯不是！」

孩子們都點起頭來，他們不能不相信。

張天佑拍拍柱兒的腦袋，「兒子，走，別跟老娘們兒家們掰扯了，跟爹拜關老爺去！」

天佑媳婦不以為然地勸阻，「我說，甭叫他去。他一個不懂事的孩子家這麼早就跟你鬧那些個是幹什麼呀？」

張天佑斷然一揮手，「你一個老娘兒們懂得什麼，在天石村是個男人就得入紅槍會，大年初一，在祠堂裡兒拜完祖宗，回家吃了餃子，立馬就得去廟裡兒給關老爺燒香磕頭！再小的男人也是男人，你個老娘們兒家別插嘴！柱兒，走，跟爹給關老爺磕頭去！」

柱兒趕緊把手裡的蒸餃子塞進嘴裡，又伸手抓了幾顆煮黃豆。

張天佑斷然喝道，「柱兒，放下！一個男人家別這麼沒出息，沒看見幾個妹子還沒吃完飯吶？」

柱兒聽話地放下已經抓在手裡的黃豆。柱兒心裡一陣委屈，眼淚就在眼圈裡轉。

天佑媳婦看不過眼去，「不就是幾個豆兒嗎，就這麼委屈孩子！」

張天佑吼起來，「那是幾個豆兒嗎？那是男人的臉！一個老娘兒們家就知道護犢子！走，柱兒，跟我走！」

走到門外邊，張天佑緩和了口氣，「柱兒，委屈啦？」

柱兒搖搖頭，眼淚又在眼圈裡轉起來，「爹，不委屈。」

「不委屈，咋兒還哭呢？」張天佑拍拍兒子的頭，「兒子，你是個男人，你要是連這幾顆豆兒的委屈都吃不了，你這一輩子的日子咋兒能熬到頭呀？兒子，你現在還小，你還不懂，男人呀，生到這個世上來就是為了吃苦受累來的，你得上為老人受苦，下為老婆孩子受苦，一輩子為全家人受累受苦……」
「爹，那啥時候就不用受苦啦？」
「熬到頭。」
「啥時候就是熬到頭啦？」
「埋進土裡兒就算是熬到頭了，就像你大伯。」
一句話說到痛處，眼淚終於嘩啦啦地流下來。
柱兒仰起臉來，「爹，你咋兒也哭啦？你也委屈啦……」
張天佑不說話，埋下頭一股勁地朝前走。
街巷裡冷冷落落的，沒有了往年的喜慶熱鬧。隔著微微的霧氣，一顆冬天的白太陽，荒涼地掛在天上。

看見男人們出了家門，迎兒和招兒也悄悄出了門。雖然年景不好，畢竟天石村沒有絕收，大家還是要過年，許多人家門上都貼了門聯、福字，有的還換了新門神。偶爾還會有誰家的孩子跑出來放一兩個鞭砲，劈劈啪啪地在有點寂寞的街巷裡空蕩蕩地炸響。
迎兒在前邊跑，招兒在後邊跟著。還沒跑出村，招兒在後邊喊，

「姊，姊，她們跟來了！」

迎兒停住腳步回過頭來，就看見羔兒和她的白悶兒了。羔兒喘著氣，小臉脹得通紅，身子後邊緊跟著她的奶羊白悶兒。

迎兒說，「羔兒，你回去吧，快回去吧！你跟來，一會兒你娘就知道了，你娘要知道了非打你不可！」

羔兒說，「我又沒氣她，我娘才不打呢。」

招兒在一邊搶著說，「我們去墳地，你也去？大年初一去墳地，你娘要知道了能不打你？」

羔兒說，「你們能去，我咋兒就不能去？」

招兒白了羔兒一眼，「人去墳地，羊也去墳地？」

羔兒就替自己的羊求情，「白悶兒就不是羊，白悶兒可懂事了！」

招兒不屑地搶白，「吹吧你，羊還能懂事！」

羔兒著急地朝前走了一步，「白悶兒就不是羊，白悶兒就是我們家的人，我是吃白悶兒的奶長大的，你又沒吃過白悶兒的奶，你咋兒知道她懂事不懂事？」

招兒被問住了。招兒愣了一下，一眨眼又想出個難題，「我們兜裡兒有豆兒，你有？」

迎兒生氣了，「招兒，誰叫你說了？你咋兒都說給她了？」

羔兒把手從衣兜裡抽出來，「我看見你拿豆兒了，我也有豆兒！」羔兒張開的手心裡露出三顆黃豆，金燦燦的。

看見羔兒手心裡的黃豆，招兒心軟了，「姊，咱帶上羔兒吧！」

迎兒也心軟了，走上去拉住羔兒的手，「走吧，姊帶你去，回家你可不能說出去，跟誰也不能說！知道不？」

羔兒點點頭。三個人一下子親近了起來。

招兒忽然就問，「羔兒，你娘說你是和羊羔子一塊堆兒生下來的，是嗎？」

羔兒很肯定，「就是。我娘說，我一生出來，我們家白悶兒就一塊堆兒生出兩隻羔兒來。我爹就說，省事了，就叫個羔兒吧！又正趕上我媽沒有奶，就讓我吃白悶兒的奶，白悶兒就把我給養大了。我媽說，你就是白悶兒的羔兒！我們家白悶兒啥都知道，就差不會說話。」羔兒又指指白悶兒的肚子，「白悶兒現在肚子裡兒又懷上孩子啦，跑不動，要不，我倆早就追上你們了！」

三個人就一起開心地笑。

一眨眼，三個小姊妹直奔墳地，來到了張天賜的墳前。

招兒問，「姊，咋兒說呀姊？」

迎兒把自己手心裡的黃豆放到墳前的石案上。招兒，羔兒，也學著姊姊的樣，也把自己的黃豆放在石案上。冰涼的青石板上，撒下十幾顆金燦燦的煮黃豆。墳地邊上的老柳樹上落了一群烏鴉，黑亮的翅膀嘩啦嘩啦地撲打著。高過頭頂的葦子包圍著墳地，像是圍了一道枯黃的高牆。

迎兒也不知道該怎麼說。迎兒嚥下一口唾沫，迎兒說，「爹……」

烏鴉們呱呱呱呱地叫起來。枯黃的葦子們唰啦唰啦地晃成一片。

迎兒看看晃成一片的葦子牆，看看跟前的石碑，迎兒又說，「爹，今天過年呢……爹，我娘住到廟裡兒不回家了……爹，我們想你……」迎兒渾身發抖地喘了一口氣，迎兒說，「咱們哭吧……」迎兒的眼淚就流下來了。

小姊妹們哇哇地哭起來，哭成一團。

白悶兒不出聲，安安靜靜站在一旁。

柳梢上的烏鴉們驚叫著飛起來，藍天上留下一片慌亂的黑翅膀，荒地上站著一隻雪白的羊。

張天佑說的廟就是天石村西頭的村廟，離娘娘廟不太遠。村廟裡除了佛祖是泥塑真身，其他的玉皇、土地、財神、藥王、馬王、牛王、孔聖人、都是立的牌位。只有關老爺例外，是一尊一尺半高的銅身彩繪雕像。那是多年前，本村紅槍會會長、張氏家族的族長張五爺，去天津做買賣的時候請回來的。關聖帝是紅槍會的祖神，因為這尊雕像，天石村的紅槍會無形中添了不少的神氣和人氣。每年大年初一，村廟裡都要灑掃一新，擺上供品，張五爺除了要帶領全村的男人們來廟裡隆重祭拜天地八方的神靈，還要特別祭拜關聖帝。天母河兩岸幾乎村村都有紅槍會，會長都是本村的鄉紳、族長一類的體面人。紅槍會除了防匪防盜而外，也支應村裡的公差、公事，正月十五鬧花燈，夏天發洪水護堤巡夜，紅槍會都要出面。平時除了一群喜愛舞槍弄棒的年輕人聚在一起練習武藝而外，並沒有特別嚴格的會規。大年初一給關老爺磕頭，就成了紅槍會每年一次全體聚會的最隆重的儀式。

眼看來到廟跟前，張天佑拉住兒子的手，「柱兒，等等。」

柱兒回過頭來，「爹，咋兒不進去呢？」

張天佑指指柱兒腳上的白鞋，「兒子，咱身上有孝，不能進廟門。」

柱兒聽話地站住。柱兒看見廟門口飄出一股淡淡的藍煙，聽見裡面有人拖著長腔在喊，「忠義神武靈佑仁勇威顯關聖大帝神位在上——，天石村紅槍會結拜弟兄進香叩拜——！」

柱兒仰起頭來問，「爹，廟裡兒吆喝啥呢？」

張天佑自己急忙跪在地上，隨手摁著柱兒的頭，「兒子，快跪下磕頭！」

廟裡的長腔又傳出來，「一叩首——，再叩首——，三叩首——！」

隨著唱喝聲，父子二人跪在地上對著廟門連磕了三個響頭。磕完頭站起來，兩人的褲腿上，手心裡，額頭上都黏了一層黃砂土。

柱兒拍著土又問，「爹，在門兒外邊兒磕頭，關老爺也能知道呀？」

張天佑不容置疑地點點頭，「知道。關老爺是神仙，啥都能看見。」

柱兒充滿希望地朝不遠處的天石看看，高高的石臺上，娘娘廟廂房頂上的煙筒裡正有一股青煙冒出來，沒有風，悠悠蕩蕩的青煙在娘娘廟的屋頂上瀰散成一片薄雲。柱兒對著青煙毫不猶豫地跪下來，咚咚有聲地一面磕頭一面喊，

「大娘，大娘，你現在成了聖母娘娘，你也是神仙，你聽得見不？你趕快著回家吧，迎兒，招兒，想你想得見天兒哭！大娘呀，你咋兒就不回家了呢？」

張天佑一把拉住兒子，「柱兒，你瞎嚷嚷啥呀？」

柱兒不服氣，「爹，不是你說的神仙啥都能聽見？我大娘現在就是神仙，我就是想叫我大娘別在廟裡兒住著，趕快著回家來，省得迎兒、招兒見天兒哭！我就是想叫我大娘趕快著回家！」

張天佑拉住兒子不放，「你傻呀你，這能是一回事嗎？」

兒子還是不服氣，「咋兒就不一樣了？娘娘不也是神仙？」

張天柱忽然變了口氣，「柱兒，快別瞎嚷嚷了，有人來了！」柱兒扭過頭來，看見村廟裡的人們走了出來。白鬚飄飄，長袍馬褂的張五爺手持枴杖被人群簇擁在中間，分外顯眼。

張天佑推推兒子，「柱兒，快給五太爺磕頭拜年！」一面又解釋，「他太爺，今年個家裡兒有喪事，身上有孝，不能給您拜年去。」

張五爺當即回答，「這個事兒用著你說嗎？這才是多少日子呀？咱天石村誰不知道天賜那孩子捨命保廟的事情？」

柱兒按照大人們教給的樣子跪在地上連磕三個頭，「太爺過年吉祥！太爺多子多福！太爺長命百歲！」

張五爺摸著頷下的長鬚端詳著眼前的孩子，點點頭，「好，好，打小兒就孝順！趕緊著起來吧！」一面說著從懷裡掏出一個十文的大銅錢遞過去，「來，恩庭，太爺給你的壓歲錢！」一扭頭又問，「天佑啊，柱兒的大名兒還是我給起的，叫個恩庭，沒說錯吧？」

張天佑連連點頭，「他太爺，您老記性忒好，就是叫恩庭！這個大名從來就沒使過呢，太爺不說，我這當爹的都記不住了！」

張五爺用力地把枴仗戳在地上，咚咚有聲，「大家夥都聽著，咱們天石村老張家，福、壽、天、恩，忠、厚、傳、家，八個字輩裡兒，天字輩兒出了一個捨命保廟的英雄，就是張天賜！天賜這孩子對咱們天石村有恩吶！咱的娘娘廟就是高主教的眼中釘，沒有天賜拿命頂著，咱們早就看不見咱的娘娘廟啦！高主教心忒黑呀，他就是一心要讓咱天石村的人親眼看著天賜砍腦袋，他就是殺一儆百，他就是想拆了娘娘廟蓋他的洋教堂，他就是想殺的沒人再敢不聽他的話，想叫咱天石村的人都入了他的洋教。天賜這孩子用自己一條命把案子全擔下來，寧死不從，家破人亡啊！」說著又抬起手指向娘娘廟，「現如今，聖母娘娘神靈下凡，挑上天賜媳婦，那是聖母娘娘聖明，那是聖母娘娘看見有人捨出命來保她！」

圍在張五爺身邊的人都齊聲附和，「您老說得對，迎兒他娘就是聖母娘娘挑中的，不挑她還能挑誰呀！天石村再沒有第二個！」

張五爺特別提高了聲音，「天佑啊，今天是大年初一，有件事情本不想說，可想想還是說給你的好。事情太大，早一天知道，早有個準備。」

張天佑急忙應承，「五爺，您說。到底兒有多麼大的事兒呀？」

「天佑，我可是聽說了一件要緊的事情，教堂裡兒那個死了的張執事聽說是沒有真死，前一向，有人看見他出了教堂，有人看見他去了縣衙門，還有人看見他在街上要飯，叫人搶了又叫人救了，救他的那個人是個在教的。我已經找人到縣衙門裡兒打聽過了，真有這回事兒，那個張執事真的是找到衙門裡兒，說他沒有死。」

張天佑驚出一身的冷汗，眼淚不由得流下來，「五爺，您老說的這都是真的？我哥到底兒還是冤死的，到底兒還是叫他們給害的？」

張五爺手摸長髯，「天佑啊，人命關天，我能信口胡說嗎？」

「五爺，那這個張執事人呢？他人在哪兒？」

「天佑啊，這件事我也一直琢磨，一個大活人誰能藏住他？莫非是出了大漏子孫知縣把他給藏起來了？還是高主教又使了什麼歪心眼兒？不管咋兒說，天佑，上天入地咱也得把這個張執事給找出來！要是他們官府勾結教會冤枉殺人，這件事情咱們不能和他們有完！古往今來就是那句話，一命抵一命，咱的天賜不能叫他們就這麼冤枉了，不能就這麼白白叫他們砍了腦袋！」

紅槍會的男人們頓時喊成一片，「殺人償命！也叫狗日的們殺人償命！非他媽屄宰了那個高主教不行！凌剮了他也不解恨！點了狗日的天燈也不解恨！」

叫喊聲中張天佑失聲痛哭。看見他哭，柱兒也跟著哭。

張五爺走上去拍拍張天佑的肩膀，「天佑，天佑，別哭，今天過年呢。天佑啊，咱是個男人，天大的事情也得扛住！你哭，你扛不住，孩子們指靠誰去呀？」

張天佑渾身顫抖著抹了兩把眼淚，「五爺，你放心，我聽你的，我扛得住……就衝孩子們我也得扛住……」

眾人紛紛圍上去勸解。

張五爺擺擺手，讓眾人平靜下來，「大家夥都聽著，今天張家門裡兒的男人們都在，我說了，這件事情人命關天，不能有半點含糊，要辦成，要翻案，就得有證據，就得找著那個張執事。沒有我的話，誰也不許輕舉妄動亂了大事！」

為了岔開話題，張五爺專門又問，「天佑，咱們為了留下你哥的血脈，給衙門裡兒使了那些個銀子，也不知你嫂子到底兒懷沒懷上？」

張天佑心裡慌慌地支吾，「五爺，這個事兒，不好張嘴問，我也沒個準兒。」

「天佑啊，你們爺兒倆剛才那是拉扯什麼呀？」

張天佑抹了眼淚解釋，「他太爺，沒拉扯啥。就是孩子不懂事，柱兒想叫他大娘回家，說倆丫兒想娘了。」

「天佑啊，我聽說，你把天賜那倆閨女接回家裡兒來了？」

「可不是，接回來了。」

張五爺再一次鄭重地點點頭，「好，接回來好。咱們老張家的孩子不能總放在姥姥家不是，那可就太對不住天賜啦！可惜了兒的，天賜還沒生下個兒子。」

張天佑的眼圈又紅了，「他太爺，您放心，有我在，只要有我一口氣，就不能讓這兩丫兒沒飯吃！我只要不死，總要把孩子們拉扯大！」

張五爺馬上接過話頭，「也算我一份兒，回頭我就讓人給你把麵送過去！」

張天祐伸手拉過兒子，又淚流滿面地跪在了地上，「來，柱兒，快給太爺磕頭，記住太爺的大恩！五爺，自打我哥出了案子，你給我們使了多少錢啦……五爺，叫我們可咋兒報答你老人家！」

張五爺也紅了眼圈，「孩子們吶，都起來吧，都趕緊著起來吧，一筆寫不出來兩個張字，一家人不說兩家話。花點兒銀子，出兩袋子棒子麵算什麼大恩哪。天賜捨下的可是一條命呀！」一面說著抱拳拱手轉向了娘娘廟，「聖母娘娘，天石村老張家有人把命都捨給你了！開開眼吧，我們天賜死的冤哪！冤有頭債有主，你得保佑我們張家人伸冤昭雪！開開眼吧，聖母娘娘！」

身邊的人們跟著張五爺的祈求聲，忽喇喇跪下一片，「聖母娘娘開開眼吧！保佑我們張家伸冤昭雪！」

柱兒也跪在人群裡，柱兒想，「也不知道我大娘聽見聽不見？」

四

光緒二十六年的立春一過，在天石村，有五只女人的子宮靜悄悄地膨脹起來。這五只子宮裡裝了一個天大的祕密。村西頭換喜媳婦，村北頭管同媳婦，十字兒上滿蕩媳婦，還有白蛾兒她娘，都朝娘娘求告想要生個兒子。顯靈的聖母娘娘金口玉言，有求必應，果真讓奇蹟發生。懷孕的女人們原本各自以為這是自己一個人要保守的祕密，可是共同的妊娠反應讓她們漸漸知道，原來是四個人在同一個月裡先後懷孕了。而且她們深信不疑，自己是按照聖母娘娘的示喚，接了轉世神童的神種，最讓她們激動不已的是，自己竟然和聖母娘娘一起懷上了神種。這四個女人曾經都向聖母娘娘發過誓，一輩子都要嚴守天條，永不洩密。於是，隨著五隻子宮慢慢地膨脹，在這五個女人的臉上洋溢出同樣幸福而神祕的光彩，那個天大的祕密被她們一絲不露地深藏在黑暗的子宮裡。

當初每個人遵照娘娘的示喚單獨走進廂房的時候，眼睛上都被娘娘蒙了一塊紅布。在一片神祕的黑暗中，被手搖銅鈴的娘娘指引著，點香，磕頭，起誓，洗身，然後，就是消魂的接種。娘娘說，那是《十八春》裡兒的樣法兒。女人們都是結過婚，經歷過房事的，都深知什麼叫男女之歡，也都聽說過神奇的《十八春》。可是紅布後面的神祕黑暗，鼻子裡迷人的香氣，耳朵邊娘娘搖動出的急促的銅鈴聲，身體裡持久而酣暢的進入，還是讓她們感覺到從來沒有體驗過的欲死欲仙。在經歷了欲死欲仙的接種之後，女人們都不約而同地生出一個好奇心，都渴望親眼看看那位一言不發的轉世神童。娘娘說，不用急，不該知道的急也沒用，該知道的想擋也擋不住，這就是天機。叫娘娘選中的女人得懂的嚴守聖母的天規。

如果不是敗血症，這些女人原本不會那麼快就看到轉世神童。就在張馬丁被張王氏祕密留在娘娘廟的廂房裡半個月之後，他手指和腳趾上的黑色開始向上蔓延，隨之而來的高燒讓他經常陷入昏迷。在不斷昏迷和清醒的間歇裡，張馬丁一次又一次地拒絕了張王氏遞過來的化了香灰和仙符的神水，他告訴張王氏自己現在得了敗血症，自己所剩的時間不多了，這個病是治不好的，不但聖母娘娘的神水救不了命，現在就是教會醫院的馬修醫生來了，也照樣救不了自己的命。

「這一次，我終於可以真正的死了。」這樣說的時候，張馬丁平靜如水的臉上露出無比寬慰的笑容。

張王氏絕望地放下自己配出來的神水，「天賜，天賜……真的就這幾天啦，你真的又要走啦？……你咋兒能就這麼著又撂下我呢，你忒狠心呀天賜……」

張馬丁已經不再糾正這個瘋顛的女人，他已經順從這個女人做了最瘋狂的事情。現在，張馬丁只想讓這個女人在自己死之前關心她真正的麻煩，

「我死了，對你是件好事情。」

「天賜呀，你這是咋兒說話呢？你這是瘋了吧？」

「你肯定不知道天石村現在有多少人在找我。」

「你放心。我把你藏在我的廟裡兒，誰他也找不著！」

「你不能永遠把我藏在這兒。他們總會發現的。」

「人們非要找你要幹啥呀？」

「我是人證。當然，如果他們能找到活著的我。找到我，他們就能證明你丈夫張天賜沒有殺死張馬丁。張天賜沒有犯下殺人的死罪。」

「你這是燒糊塗了不是？多少人親眼瞅著你的腦袋叫給砍下來了，那麼大的鬼頭刀啊……我還啥也沒看見呢，人頭就落地了，滿地都是血紅血紅的……滿地都是金黃金黃的……嘴裡兒塞著塊爛布你可叫他咋兒喝我熬的棒糝兒粥呀……天賜呀天賜，你這是燒糊塗了不是，你沒有犯下死罪，人家就能砍了你的腦袋呀……你這一轉生，就把前生前世的事兒都給忘光了不是？」

張馬丁哭笑不得，這麼多天來他從來沒能讓這個女人區分開幻想和真實。他覺得自己幾乎也快要在這個女人顛狂的世界裡發瘋了。好在，一切終於都要結束了。死亡會讓所有瘋狂和不瘋狂的一切都停下來——永遠永遠的停下來。張馬丁曾經在那個停下來的世界裡昏睡過三天。他忽然又想起了那兩具陪著自己站了三個多月的骷髏，想起來那一男一女的「全人類」，現在，自己終於也要真的站到他們中間去了。可惜，和在醫院裡相比，自己現在是一具更加殘缺不全的標本。

自從被放到廂房裡屋的這盤土炕上，張馬丁就再也沒有穿過衣服，一直就那樣赤裸著身體蓋在被子下面，因為被凍傷的手腳無法行動，他只能像截木頭呆呆地躺在炕上。張王氏像照顧嬰兒一樣不厭其煩地餵水餵飯、端屎端尿。她之所以這樣做似乎只為了一件事，只為了一個瘋狂的想法，只為了留下他的種。她甚至不惜把別的女人也拉進來，和她一起完成這個瘋狂的想法。在和張王氏做過第一次之後，手腳皆殘的張馬丁放棄了任何反抗，任由女人們來和自己接種，在一次又一次狂亂的喘息和呻吟之中，張馬丁只想一件事情——這一切都是我應得的，這一切都是我自找的，這一切都是我應該承受的，這就是我的迷途，我的懲罰，我的歸路……他當初毅然決然離開教堂的大門時，滿心希望的是離開主就是為了走向主……可他萬萬沒有想到，自己竟然在這條迷途上走了這麼遠，走到一個比永遠還遠的地方，走到一種比深淵還要深的黑暗之中。所以，當看到壞死的黑色從手腳向上蔓延的時候，張馬丁甚至覺得這是慈悲的主聽見了自己的祈禱來搭救自己，由衷的解脫感給了他難以言傳的快樂——回到死亡是多麼巨大的幸福和安慰啊！他一次又一次地從高燒的昏迷之中醒來，也一次又一次地體驗那種回到黑暗中的幸福。

終於，在一個晴朗的早晨，當張王氏又端著熬好的棒糁兒粥來到炕前的時候，她發現張馬丁停止了呼吸，從鬍鬚和亂髮之間露出來的那張臉，蒼白而又安祥。

張王氏冷靜地召喚來了天石村所有參加接種的女人們：村西頭換喜媳婦，村北頭管同媳婦，十字兒上滿蕩媳婦，還有白蛾兒她娘。掀開被子，看到那張滿頭金髮的臉，女人們叫出聲來，

「娘娘，這不就是那個洋神父嗎……不就是張執事嗎？他怎麼跑到娘娘的廟裡兒來了……聽說張五爺滿世界打聽他呢……」

張王氏不費吹灰之力就說服了驚慌失措的女人們，「你們說說，我家天賜是不是叫給砍了頭？」

女人們點點頭，「這是大夥兒親眼看見的。」

「你們說說，是不是因為那個張執事死了，才叫我家天賜抵的命。」

女人們再點點頭，「這是人人都知道的。那個孫知縣還說他親自去教堂裡兒查驗過屍首。」

「我問問你們，誰見過死人轉世又回來的？」

女人們都搖頭。

「我再問問你們，誰見過一個死人轉生到另一個死人身上的？」

女人們還是都搖頭。

「這不結啦！聖母娘娘叫誰轉世誰就得轉世！叫誰轉到誰身上就得轉到誰身上！他不是天賜轉世他咋兒能就回來找我？他不是天賜轉世他咋兒能黑天半夜的認識回家的路？連我搬到娘娘廟裡兒他都能找來！他要真是那個張執事，真是那個洋神父，他敢來咱天石村？他敢回來找我？他還敢把種留下？他就不怕我宰了他？他就不怕我把他撕拔成碎片兒？聖母娘娘就是借了他一個身子叫轉世神童下凡來，叫我們家天賜找我來！讓他把種留下。你們說，在女兒會裡兒你們到底兒是信我，還是信他們男人瞎咧咧？你們連轉世神童的種都接了，還有啥不相信的？」

女人們誠惶誠恐地跪下來，「娘娘可千萬別跟我們生氣！我們哪敢不信娘娘的話！誰敢不聽娘娘的示喚，天打五雷轟！」

目光炯炯的張王氏毫不懷疑自己的神通，「都給我聽著，這轉世神童，生是我的人，死是我的鬼，任是誰也別想從我手裡兒拿走他！他的魂兒升了天，他的身子留在我這兒了，我要把他永輩子留在我的殿裡兒！你們都發了天誓，死守天條，這件事情誰也不許說出去！」

女人們不敢和娘娘對視，「我們聽娘娘的示喚，我們生是娘娘的人，死是娘娘的鬼！死守天條，一個字兒也不說出去！」

張王氏告誡女人們，「你們都記著，你們肚子裡兒都種的是轉世神童的神種。現在天下大亂，大災大難，天母娘娘派神童下凡來搭救眾生，天機不可洩，洩天機的人聖母娘娘要罰她上刀山、下火海，進十八層地獄抽筋扒皮！現在還不知道到底兒誰得了神種，再過些日子，害喜為證，你們要每天一回到娘娘廟來聽示喚。趕明兒個，生下神童的就是有功之臣，就是神童娘娘，就跟我一塊堆兒掌管女兒國。待一會兒，都聽我的示喚，叫你們咋兒幹就咋兒幹。別的事情不用你們操心，有我在，天石村、天母河就是聖母娘娘的女兒國！」

換喜媳婦，管同媳婦，滿蕩媳婦，還有白蛾兒她娘，從來沒有領受過如此莊嚴神聖的使命，恐懼和激動讓她們熱血沸騰、頭暈目眩。滿蕩媳婦、白蛾兒她娘突然呻吟著昏厥在地上。

張王氏鎮定、清醒地看著昏亂的女人們。有一件事情她沒有說出來：張馬丁給她留下了一張字紙。

張馬丁在臨死前跟她要紙、要筆。張王氏很詫異，

「你都病成這個樣兒了，要紙筆幹啥呀？你也要畫符？」

張馬丁搖搖頭，「我不畫符，我要寫字。」

「你的手爛成這個樣咋兒寫呀？」

張馬丁很急切，「快一點，我沒有多少力氣了。你把毛筆綁在我的手上……」

張王氏急忙把自己畫符用的毛筆、硯臺和黃表紙拿出來，把毛筆綁在張馬丁的手上。張馬丁拚盡全力轉過身來趴在土炕上，在畫符用的黃表紙上歪歪斜斜寫了幾句話，寫得滿頭虛汗。

張王氏不識字，並不知道紙上寫的是什麼，張王氏無比驚訝地看著那些神奇的文字，「天賜呀天賜，你啥時候學會寫字兒的？」

張馬丁已經沒有力氣再對這個女人解釋，他從滿臉的虛汗中抬起眼睛叮嚀，「你記住，將來如果有人來找我，就把這張紙拿給他看。」

張王氏著急地追問，「天賜，天賜，你說有人要來找你，到底兒是誰啊？到底兒是啥時候來呀？他找你的時候，找不找我呢？他為啥不把咱倆一塊堆兒找上走呢？天賜……你別急，別費這麼大的勁寫了……當家的，你想說啥你就教給我，我給你學舌……」

張馬丁顧不得再解釋，他又轉過身來，用毛筆在自己的胸口上畫出一個大大的十字。

張王氏迷惑地看著那個十字，「天賜呀，你這是要幹啥呀？」

張馬丁動情地看著這個瘋顛的女人，「我想請你在最後的時候幫我一個忙，等我死後，請你把我留下的那半截蠟燭點著，放在我的頭頂前，然後替我說一句話……只說一句話……」

張王氏的眼淚開始流下來，「天賜啊……你想要讓我說啥呀？」

張馬丁費力地喘息著，「你只說，哈利路亞……」

張王氏哭著追問，「這哈利路亞是誰啊……就是要來找你的那個人？」

張馬丁滿是虛汗的臉上忽然露出了笑容，「對……哈利路亞，就是要來找我的人……也是我要找的人。」

張王氏痛哭失聲地哀求，「老天爺……，當家的，你就這麼撇下我又走啦，你忒狠心哪你……哈利路亞、哈利路亞，你快著點來吧，你趕快著把我也一塊堆兒帶走吧……我求求你啦哈利路亞……趕快把我也帶走吧！」

沒頂而來的悲憫突然間搖亂了張馬丁的心，他沒想到，這個瘋顛的女人竟然這麼深深地打動了自己。他努力地讓自己鎮定下來，他想給這個痛不欲生的女人一點最後的清醒，想在她瘋顛的世界裡最後留下一點也許可能的安慰，

「好吧……就算我是你的天賜，我是你的當家的，我是你的轉世神童……你記住，我在紙上寫的這些話是留給所有人的，也是留給你的……迎兒她娘，你記住，我不只是給你留下了我的種，我還給你留下了這些話……我很快就會死，死並不可怕，如果一個人把該做的都做到了，死就是一種幸福……你現在應該給我祝福……我比你更早得到了它……哈利路

亞……我知道你並不信教……現在在別人的眼裡我也早已經不再是教徒……可只有走得最遠的人，才能聽到傳得最遠的聲音……哈利路亞……」

有一瞬間，張王氏好像真的清醒了過來，突然爆發出一陣撕心裂肺的嚎啕大哭，「天賜，天賜……我聽你的，我跟你走……能跟你一塊堆兒走可不是我前世修來的福氣嗎……我聽懂你說的話了……你可別再把我一個人撇下了，你就心疼心疼我吧……沒有你，這個世界我連一天都不想待……」

這天的早晨，當張王氏發現張馬丁停止了呼吸的時候，顯得平靜而又沉著。她放下端在手上的棒糝兒粥碗，從容點燃了張馬丁留下的半截蠟燭，端端正正放在他的頭頂前。明媚的晨光已經照到娘娘廟的院子裡，窗紙上一片燦爛的光明。柔和的陽光和微弱的燭光融合在一起，如果不是那一縷青煙凝結在一派柔和之中，你幾乎看不出來有枝蠟燭在燃燒。

張王氏雙手合十，口中輕輕念出一句，「哈利路亞……」

她看看那張停止了呼吸的安祥的臉，又念，「聖母娘娘保佑……」

太陽下山的時分，娘娘廟裡女人們的忙碌停止下來，一切歸於平靜。天石村的人們看見炊煙像往常那樣，從娘娘廟廂房的屋頂上緩緩地升起來，又緩緩地散開，把巨大的天石和廟宇籠罩在一片安詳之中。

第五章　石舟

一

葫蘆挑著水擔沿著菜畦的田埂小心地走進來，而後，在茂盛的綠葉之間小心地放下水桶，葫蘆撩起敞開的衣襟抹了一把臉上的汗水，由衷地讚歎，

「這洋鐵皮的水桶就是好使喚，桶又輕省，盛的水又多！」

蓮兒手裡拿著用半個葫蘆做的水瓢站在菜畦裡，一直目不轉睛地看著葫蘆，她喜歡看葫蘆敞開衣襟擦汗的樣子，自從開春以後的這幾個月裡，蓮兒最喜歡幹的一件事情就是跟著葫蘆務弄菜園。最後，弄得老三都抱怨開了，「這是咋兒說的，你一個主子，見天兒扎在菜園子裡兒弄一身汗，哪兒還像個小姐！」蓮兒不搭理老三的抱怨，就給他三個字兒，「你少管。」老三不敢頂嘴，「敢情，小姐的事兒哪兒是我們當下人的敢插嘴的……可這園子裡兒的活兒本來是我的，你們倆這麼一弄，沒我插手的地方了不是。」蓮兒就笑，「那你就歇著，嘗嘗當主子的味兒！」老三看看蓮兒，又看看園子，把到了嘴邊的話又嚥了回去。

葫蘆以為蓮兒沒聽見他的話，放下衣襟又說，「蓮兒，這洋鐵皮桶真好使喚，桶又輕省，盛的水又多！」沒等聽見回答他又問，「蓮兒，你說咋兒凡是黏了洋字邊兒的營生就都這麼好使喚呢？」

蓮兒不回答問話，蓮兒笑著把水瓢舉起來，「那也沒有這營生好使喚，把你鋸一半，剛好做個水瓢。」

葫蘆抿嘴笑笑，「反正在你手心兒裡兒攥著，想鋸就鋸唄。」

蓮兒說話就紅了眼圈，「又來了，誰手心兒裡兒攥著你啦？嫌攥著，你可找個寬敞地兒，找個沒人攥的地方去呀。」

葫蘆已經摸透了蓮兒的脾氣，葫蘆還是笑，「蓮兒，你現在是在蜜罐兒裡兒泡著，糖罐兒裡兒捂著，連弄個小脾氣味兒都是甜的。我就愛看你跟我耍個小性兒。」

蓮兒被葫蘆說的轉嗔為喜，「瞅你肚量大的，那我趕明兒個見天兒跟你耍小性兒，瞅你還笑不笑！」

葫蘆看著蓮兒的眼睛，由衷地表白，「蓮兒呀，那就是我一輩子的福氣，我就怕這都是假的，就怕這一轉眼就都沒了。」

說著話，蓮兒又紅了眼圈，蓮兒伸手拉住葫蘆，「百成哥，我就不願意聽你說這個——眼跟前兒站個大活人能是假的嗎，咋兒就能一轉眼就沒了？你要是還不信，我今兒個就跟我爹我娘說，咱們不等了，明兒個就成親！」

葫蘆連連搖頭，「可別，可別，大表舅還不得剝了我的皮呀！大表舅還不得罵死我呀！哪兒有上人家家裡兒來搶閨女的？吃根黃瓜你還得撒籽兒、栽秧、澆水做務好幾個月呢！」正說著，看了蓮兒一眼，忽然就捂了嘴，「瞅瞅，瞅瞅，又說錯話了，不是黃瓜，是蓮花兒，又白又紅水上照影兒的尖嘴兒紅睡蓮！」

蓮兒就從桶裡撩起井水來潑他，「壞葫蘆……破葫蘆……你個死不了的爛嘴兒葫蘆！偏你能，偏你就忒會寒磣人！」

葫蘆被冷水激得跳起來，連連求饒，「蓮兒，蓮兒，好妹子……我說錯了還不行……好不容易挑來的水是澆菜的，別都澆了我呀……」

正撩著，蓮兒忽然變了臉色喊起來，「老三！你咋帶這麼些個生人從後門進來了，你想咋兒著呀你？想造反呀你？」

葫蘆驚詫地回過身來，就看見了一臉冷笑的老三，和老三身後一群身穿紅衣、頭紮紅布條的義和團弟兄。

老三專門走到蓮兒跟前笑著說，「大小姐算你說對了，老三今天就是來造反來了！」說著回過頭來對身後一個手持雙鐵鐧的大漢說，「二師兄，你瞅瞅我說錯了沒？你瞅瞅這個丫頭頭上是不是別著個洋卡子？」

二師兄走上來二話不說，一把揪下來蓮兒頭上別的洋髮卡摔到地上，又狠狠跺了一腳。

葫蘆急忙跑上來把尖叫的蓮兒擋在自己身後。葫蘆堆下滿臉的笑容，雙手抱拳連連作揖，「各位爺，各位爺，有話好好說，您各位爺有什麼事朝我說話，千萬別跟個女人家置氣！我這兒給您各位行禮了……求求各位爺高抬貴手……」

話還沒有說完，只見二師兄一腳又踹倒了水桶，滿桶的井水嘩啦沖到地上，他揮起手裡的一對鐵鐧，嗵、嗵兩聲，把圓桶砸得七扭八歪。一邊砸，一邊罵，

「我看你個二毛子還使不使洋貨！我看你們還用不用這些髒營生！我他媽碎了你們這些洋雜種！」

正罵著，手裡的鐵鐧猛然拐上來砸到葫蘆頭上，葫蘆下意識地一躲，鐵鐧緊擦著耳邊砸下來，一陣劇痛，隨著鮮血飛濺，半個耳朵落在了菜畦上。

葫蘆被打得跪在了地上，跪在地上的葫蘆抬起頭來又作揖，「這位爺……要打您就打我，您有什麼氣往我身上撒……各位爺興許誤會了，這兒是縣衙門陳班頭的家，各位爺興許還不知道……」

「我告訴你我是誰，我是欽命義和團東河城裡的二師兄，轉世英雄秦瓊，秦叔寶，我們扶清滅洋專殺洋鬼子、二毛子！現在連朝廷都依仗我們義和團，管他媽你陳班頭還是王班頭，誰家裡兒有他媽洋貨就砸誰！誰他媽是二毛子就他媽宰了誰！」

話音未落，二師兄抬腳把葫蘆踹到一邊，伸手拉過蓮兒，一把撕開蓮兒的前襟，又一把扯斷了蓮兒貼身的兜兜，蓮兒雪白的胸脯和奶子曝露在光天化日之下。蓮兒一聲慘叫昏死過去。

葫蘆忽然像頭野獸一樣竄起來，把蓮兒死死抱在自己懷裡，失聲大哭，「蓮兒……蓮兒……哥對不起你……哥沒護住你……蓮兒、蓮兒，哥不是個東西，哥沒本事護你……」

眾人一擁而上，拳腳相加，從葫蘆的懷裡搶走了蓮兒。一切都是當著葫蘆的面幹的，瘋狂的人群扒光了蓮兒的衣服，在菜園子裡輪姦了蓮兒，老三是最後一個爬上去的。碧綠鮮嫩的菜園子裡一片狼藉，到處都是被踩爛、被撕碎的翠綠的屍體和殘肢。

完事之後，老三一邊挽著褲子走到呼天搶地的葫蘆跟前，「對不起啦，表少爺，老三今兒個還是趕在您前邊兒啦！」

葫蘆撕心裂肺地叫罵，「畜生——！畜生——！老三你就是個活畜生！」

老三露出一臉的冷笑，「罵得對，表少爺，我就是個活畜生。您不是也說過嘛，人要是餓瘋了就能變成吃人的活畜生，因為啥呀——因為他餓，因為他餓得就剩下吃這一件事兒了！我告給你表少爺，你知道我到他們老陳家多少年兒了嗎？十年！十年裡兒我長，她也長。十年裡兒我天天兒看著蓮兒，我是天天兒看著蓮兒長大的，她哪塊骨頭長了，哪塊肉多了，我天天兒看在眼裡兒，天天兒記在心上，可我就是摸不著，我就是吃不上，就是放不到嘴裡兒。表少爺，你知道一個人等十年吃不上是個啥滋味兒嗎？……你不知道。我告給你吧，就跟你餓瘋了想吃人一模一樣！十年呀……整整等十年，可不是人他媽就瘋了，可不是人就等得不是人了嗎！表少爺，你說說，你憑什麼呀你，你咋兒就人一來就搶了我嘴裡兒的肉啊？陳爺應許給我的蓮兒，你憑什麼說搶走就搶走呀——天理難容啊！我今兒個就是不能叫合了你的意，我就是要搶在你前邊嚐嚐我的肉！天理難容啊！我肏他十八輩兒的祖宗！我肏他一萬輩兒的祖宗！我就是要可世界的肏！全他媽屄的肏！我今兒個就是想當一回畜生！就是要把天理做踐成爛泥！」

老三覺得自己罵夠了，也恨夠了，撇下葫蘆掉過頭去又提醒，

「二師兄，他們家飯堂裡兒還鑲著洋玻璃呢！」

二師兄猛揮鐵鐧，大吼一聲，「走——！」

葫蘆哭著爬起來，從滿地菜葉、瓜蔓的屍體、殘肢裡揀出蓮兒的衣服，葫蘆抱起蓮兒，把蓮兒抱到井臺邊。葫蘆搖著轆轤從井裡提起水來，葫蘆輕輕地把水敷在蓮兒的臉上、身上，仔仔細細地洗，一邊洗，一邊叫，蓮兒，蓮兒，你醒惺……你醒醒呀蓮兒……忽然，葫蘆的臉上露出一絲慘笑……我真是糊塗呀蓮兒，幹嘛非得叫你醒過來呢，叫你醒過來可幹什

麼呀……再看看這個世界有多麼狠毒，再看看自己個兒有多麼可憐……不看他們還不知道他們有多狠、有多壞嗎？不看他們還不知道人心有多黑嗎？不看他們還不知道畜生就是畜生嗎……蓮兒，我早就說給你了……全是假的，你還不信……現在信了吧，一轉眼全是假的，這個世界留不住好東西……常七彩留不住，常七彩的門神留不住，常七彩的兒子留不住，親人骨肉留不住……你留不住……我留不住……什麼都留不住……就像眼前這個菜園子，說毀就毀……就像一張畫兒，說撕就撕……這個世界留不住好東西，這壓根兒就不是個留好東西的地方……一轉眼全是假的……

葫蘆把蓮兒洗乾淨，把衣服替蓮兒一件一件穿好，抻平整，把自己也洗乾淨。葫蘆就把乾乾淨淨、整整齊齊的蓮兒緊緊抱在自己懷裡。葫蘆朝井口走過去，葫蘆朝井裡看看，幽深的水井裡有一片像鏡子一樣的亮光……葫蘆在那片鏡子裡看見了自己和自己抱在懷裡的蓮兒，葫蘆說，蓮兒，那個地方你去過一回了……那回是你一個人去的，這回是兩人，兩人一塊堆兒去就更不用害怕了……今兒個這件事情就我作主了，咱們不在這兒待著了，咱們走……說完，葫蘆抱著蓮兒一頭栽下去……水井裡那片明亮的鏡子就被打碎成千萬塊碎片……

二

從天津出發，一路護送著聶提督的靈柩走到吳橋，眼看就要走出直隸了，張天保也還是沒能從死不甘心的幻覺中拔出身來……聶大人是武衛前軍的魂，身經百戰、威武奪人的聶大人怎麼就會死了呢，武衛前軍一萬多弟兄怎麼能沒有聶大人，怎麼能沒有魂呢？聶大人死了，還留著行營衛隊有什麼用？弟兄們還用護衛誰呢？……可聶大人就是死了，聶大人的靈柩裝在馬車上，聶大人的靈幡掛在旗杆上，皇上下旨賜的謚號就在靈幡上寫著……身經百戰、威武奪人的聶提督，就變成了隨風飄蕩的「忠節」公……現在，聶大人要回江南，聶大人的老母親還在老家等著兒子回家，等著兒子魂歸故里呢……白髮人送黑髮人啊白髮人送黑髮人……聶大人總是說，家國一日不幸，軍人一日生不如死！甲午之恥至今，聶某人天天覺得生不如死！……天天生不如死的聶大人現在躺在棺材裡，到底如願了……聶大人從此不會再覺得生不如死了……聶大人騎馬站在八里台的橋頭上，聶大人舉起望遠鏡，聶大人從望遠鏡裡看見了自己的老對手西摩將軍。前些日子，西摩將軍率領遠征軍馳援北京，數經鏖戰，被迫退回天津。現在，攻占了大沽砲臺的聯軍，要攻占天津城，要撕破對租界的包圍圈，救援北京被圍困的各國使館。西摩將軍騎在高頭大馬上，站在自己的砲兵陣地後面，也舉起了望遠鏡，西摩將軍也看見了聶提督……兩個老對手相視而笑……聶軍門告訴身邊的人，西摩將軍就在對面……兩位親臨前線的將軍指揮若定，在軍號和旗語的調度下，砲火覆蓋，騎兵突擊，步兵跟進，一環緊扣一環，一浪緊跟一浪……你來我往之間，槍砲齊鳴，殺聲震天，像一首樂章嚴謹、配器豐富的交響樂，威武雄壯地在廣闊的平原上演奏。就在雙方的步兵、騎兵廝殺得難解難分的時候，西摩將軍的砲兵開始了集群轟擊。六磅速射砲，九磅後膛野戰砲，九磅前膛野戰砲，十二磅後膛大砲，砲彈密集發射，彈著點迅速接近橋頭的聶提督。身邊的弟兄們一擁而上，呼喊著聶軍門躲避！地動山搖的爆炸中，硝煙四起，彈片橫飛……可聶軍門勒緊韁繩一動不動，聶軍門的戰馬也一動不動。弟兄們撥轉馬頭包圍在聶軍門身邊，爆炸聲中人仰馬翻……聶軍門的戰馬忽然中彈倒地，他命令換了戰馬，照樣站在原地。戰馬再倒地，再換戰馬站在原地……一連換了四次戰馬的聶軍門，身負重傷，血流如注。弟兄們哭求聶大人躲避，聶軍門面不改色，巋然不動。聶軍門發話說，「此吾致命之所也，逾此一步非丈夫也！」……槍砲齊鳴，殺聲震天中聶軍門發話說，逾此一步非丈夫也……逾此一步非丈夫也……逾此一步非丈夫也……一語落地，飛迸的彈片穿頭而過……弟兄們衝上去撫屍大哭……就是從那一刻起，張天保才明白了什麼叫生不如死……

裝著靈柩的馬車輪子從北往南，從天津到吳橋……靜海……青縣……滄州……東光……每天每日、每時每刻，一下不停地從心窩子上碾過去，碾過來，碾過去，碾過來……真想替他死呀，誰死了都行，就是聶大人不能死！……可聶大人就是死了……聶軍門的帥旗倒下來了，聶軍門的靈旗舉起來了……聶「忠節公」迎風飄揚……

知道天氣熱，知道身子保不住，往棺材裡裝殮的時候給聶大人鋪滿了木炭，擺滿了香樟，又鋪了厚厚的絲棉被，再用膩子把棺材縫都膩嚴實，用桐漆髹了一遍又一遍，……可走著走著，蒼蠅們就蹤上來了，給聶大人點了艾蒿，點了炷香，蒼蠅們還是一個勁兒地追著不放，聶大人的棺材上蒼蠅們飛了一層，又落一層，飛了一層，又落一層……身經百戰、威武奪人的聶大人，騎在高頭大馬上指揮千軍萬馬的聶大人，就變成了這麼個連蒼蠅也想欺負的人……裝著靈柩的馬車輪子從北往南，從天津到吳橋……靜海……青縣……滄州……東光……每天每日、每時每刻，一下不停地從心窩子上碾過去，碾過來，碾過去，碾過來……真想替他死呀，誰死了都行，就是聶大人不能死！……可聶大人就是死了……聶「忠節公」的旗杆就插在心窩子上……

靈車走到吳橋驛，領隊的副官說，天保，如今咱們已經無仗可打、無帥可保，吳橋離你家不算太遠，騎馬回去就更快，你那封家信上不是說要讓你回家看看麼？我准你三天假回家探親，我們在下邊的德州驛等你歸隊。直魯兩省拳亂熾烈，你這一路上可要當心。我准你帶著武器槍械，是為了讓你防身，絕不可以私自動用。你記住，私動槍械軍法從事！

張天保走到聶提督靈柩前雙膝跪地，磕了三個頭……聶軍門，天保回家探親三天，三天之後天保一定回來奉陪大人回家！

三

熱辣辣的太陽直射下來，院子裡熱得像是在著火。家人和僕人們雜亂匆忙的身影和腳步聲轉眼之間沒有了，瘋狂的砸門聲一陣緊似一陣從前院傳過來，佟掌櫃在自己胸前畫了一個十字，而後，深深舒了一口氣，佟掌櫃又在胸前畫了一個十字，毅然朝門樓走過去，他剛剛抬起木槓門栓，就被撞開的門扇擠到了門板後面的磚牆上，嘈雜的人群一湧而進，每個人都穿了一件粗布的紅背心，額頭上紮了一根紅布條。攢動的人頭上面晃動著三面火焰鑲邊的三角旗，一紅兩黃，紅旗上寫著：欽命義和團；一面黃旗上寫的是：天齊仁聖大帝　總管人間凶吉福禍，另一面寫的是：替天行道　轉世英雄黃飛虎。

洪水一樣的人群叫喊著四下散開，到處翻找。一轉眼散開的人群又亂紛紛聚攏回院子裡來，有人手裡提著煤油馬燈，有人拿著聖像圖畫，有人抬著玻璃鏡，有人舉著瞻禮單，有人從大門的後邊拉出來佟掌櫃。人們叫罵著，「瞅瞅！瞅瞅！瞅瞅這個二毛子家裡兒藏了多少洋貨、有多少這些髒玩藝兒！」「揍他個二毛子呀！瞅瞅他還信不信他的洋教！」「交出來！叫他交出那個張執事來！問問他，他到底兒把那個洋鬼子藏在哪兒啦！」「交啊——今兒個不交出來就宰了他個狗日的！」「大師兄，快發話吧！」

一直站在旗子下面的大師兄對著人群揮揮手，「大家夥兒先別嚷了！」等人群安靜下來，他走到佟掌櫃跟前，

「你就是那個信教的佟掌櫃？」

佟掌櫃下意識地在自己胸前畫出一個十字，「是我。」

大師兄立刻沉下臉來，「你別跟我鬼畫符，再畫我剁了你的手！」

佟掌櫃顫抖著把手垂下來，緊緊抓住自己上衣的下襬。

大師兄又問，「年前臘月裡有人親眼看見，就是你把那個姓張的洋鬼子接回家裡兒的，這是真的吧？」

佟掌櫃忽然想起來自己貼身掛在脖子上的十字架，他舉起一隻手來按在胸口上，「是，去年冬天是我把張執事救回家裡兒來的，他叫人搶了，渾身的棉衣裳都給扒光了，我不能眼瞅著他凍死在大街上。」

「那，你把他藏在哪兒了？」

「我只留他住了一宿，第二天天沒亮他就走了。」

「走哪兒去啦？」

「不知道。」

「你是不想說呀，還是不知道？」

「我真的不知道。張執事已經自己宣布退出教會，他早就不是教會的人了。」

人群裡一陣騷動，「別聽他編瞎話啦，找到你頭上他就成了退教的人了，叫人償命的時候咋兒就是他媽的張執事呢？」

佟掌櫃抓緊了十字架，「張馬丁執事確實真的退了教。高主教早已經對天母河各堂神父通告過這件事情了，張馬丁不再是教會的人了。我救他不為別的，因為他可憐，因為救他就是救自己……」

大師兄冷冷一笑，「照這麼說你是個大善人，連退了教的你也可憐，你也救。」

佟掌櫃覺得有汗水從臉上淌下來，「……我不是善人，是罪人。天主說，我喜愛憐憫，不喜愛祭祀……我不過是照天主說的做事贖罪……」

大師兄上前一步，「我要是不信你的那個天主呢？」說著突然把手伸進佟掌櫃的衣領裡，拉出來那個被他抓在手裡的十字架。

看見十字架，人群裡又是一陣騷動、咒罵，「這洋狗子忒張狂，當著面兒還敢搗鬼吶！」「大熱天的，快別跟他廢話啦，宰了這個死心塌地的二毛子！」

大師兄又對人群擺擺手，「先別忙，死也得讓他死個明白。」說完又轉向佟掌櫃，「你說你不能眼看著那個姓張的洋鬼子凍死在大街上，那你就能眼看著張天賜叫人誣害砍了腦袋？是不是不信教的人就都該死呀？那天底下得死多少人才能如了你們的意啊？」

「我不知道這個案子到底出了什麼毛病……」

「你們的那個天主不是要救天下人都脫苦海進天堂麼？怎麼偏偏對張天賜見死不救？怎麼就跟著你們一塊堆兒殺了這個可憐人？」

佟掌櫃再一次下意識地在胸前畫了一個十字，「願慈悲的天主寬恕他的罪惡，願萬能的主收留他卑微的靈魂……」

大師兄怒吼一聲，「又跟我鬼畫符！」一腳橫掃，佟掌櫃撲通跪倒在地上，大師兄猛然抽出腰刀來高喊，「來個人給我揪住他的辮子！」眨眼間，大師兄雙手握刀高舉過頭，斜刺裡劈砍下去，「我今天就看看你那個萬能的主他收不收你的魂兒！」

隨著寒光閃過，佟掌櫃的人頭咕咚一聲滾落在地上，一腔鮮血在半空裡噴出一道長長的弧線，接著砰然有聲地摔落在滾燙的塵土裡。

好像被落地的鮮血點著了一場大火，大師兄身後的人群驟然間發出震耳欲聾的狂喊，「好啊——殺得好呀！把這些狗日的洋鬼子、二毛子都他媽殺乾淨吧！」「走啊，上教堂去啊，找他媽那個姓高的洋鬼子，叫他把人交出來！」

車馬店大院裡的草料堆不知被誰點著了，熊熊的大火席捲而上。人們把手裡的馬燈、聖像、玻璃鏡和瞻禮單紛紛扔進火裡。又有人把火引向了房子，很快木頭的門窗和椽子也被捲進了大火，滾滾濃煙騰空而起，像一條黑白纏繞來回翻捲的巨龍，驚心動魄地攪動在天石鎮的半空之中。

驕陽之下，狂熱的人流像洪水一樣在天石鎮的街巷裡席捲而過，凡是信教的人家都被湧進去搶砸一空，除了聖像、《聖經》、十字架而外，洋布、洋紙、洋線、洋火、洋蠟、洋釘、洋燈、洋鏡子、洋玻璃、洋鐵桶……任何和「洋」字黏邊的東西也都被搜出來搗毀、砸爛，扔進火堆，人流所到之處摧枯拉朽，遍地狼藉。這股狂熱的人流終於在天主堂大門前的廣場上停了下來。看見堆集的沙袋和窗戶後邊烏亮的洋槍，大師兄揮動腰刀讓人流停了下來。

大師兄命令道，「把那個嚇死的洋婆子和佟掌櫃抬過來，叫他們給裡邊送個信兒！」

教堂裡的人們很快看見了躺在地上的瑪麗亞修女，和被砍了頭的佟掌櫃。

大師兄用腰刀指著教堂大喊，「高神父，你聽著，我們義和團替天行道，先禮後兵，今天是來下戰書，給你三天，三天之內，交不出張馬丁，別怪我們刀下無情！佟掌櫃就是你們的樣兒！我們義和團有天神相助，都是刀槍不入的好漢，你們那幾桿破洋槍救不了你們的命！趕快著過來抬人吧！」

街壘後邊，儒勒上尉拔出左輪手槍，用他剛剛學會的幾句漢語生硬地發出了命令，「準備射擊——！」

萊高維諾主教慌忙阻止道，「儒勒上尉，瑪麗亞修女和伯多祿還在外邊，不要開槍！」

昏厥的瑪麗亞修女是和被砍了頭的佟掌櫃一起被教友們抬進教堂的。面對慘相，許多人閉上了眼睛，人群裡響起一片哭泣和哀禱。佟掌櫃鮮血淋漓的屍體旁邊放著他的頭，身體上顯眼地蓋著一張寫滿了血字的黃裱紙，萊高維諾主教把那張紙拿起來，淺黃色麻紙上血紅的字跡觸目驚心：

三日之內，交出張馬丁相安無事，不交張馬丁斬盡殺絕。
此令，天石鎮義和團大師兄，轉世英雄黃飛虎布告天下

醒來後的瑪麗亞修女告訴萊高維諾主教，她是在給鎮上的一個孩子送藥的時候，和那支紅色的隊伍相遇的。佟掌櫃的頭被人血淋淋地提在手上，另外兩個人抓著他的兩隻腳把無頭的屍身倒拖在地上，在街巷裡拖出一道鮮紅的血跡。隊伍的背後，熊熊的大火在東關大車店

的房頂上翻捲起滾滾濃煙，大車店裡的馬匹嘶叫著四下狂奔，有人趁機把驚馬轟趕進自家院門裡。瑪麗亞修女說，她一看到那顆血淋淋的人頭，就在狂喊聲中昏厥在街上，她不知道後來都發生了什麼，只記得人們反覆叫喊的兩個字：交人！交人！

瑪麗亞修女驚恐地追問，「主教，這些瘋狂的人是來找誰的，他們要你交出誰？」

萊高維諾主教指著那張血書，「瑪麗亞修女，他們來找背叛主的人，來找死了的張馬丁。」

瑪麗亞修女哀告著，「萬能的主呀……喬萬尼你到底在哪裡？你為什麼引來這麼大的災難……」

萊高維諾主教在胸前畫出十字，「人子必要去世，但賣人子的人有禍了！那人不生在世上倒好。阿門。」

瑪麗亞修女突然沒有了聲息，再一次昏厥過去。

被包圍的天主堂變成了一座孤島，沒有人知道下面還要發生什麼，沒有人知道義和團到底什麼時候發起進攻，還有多少人會死，天主堂的院子裡擠滿了逃進來的教民，驚恐萬狀的人們不約而同地圍在高主教的身邊久久不願散去，聚集在一起，成為一種分擔，成了對絕望和恐怖唯一的安慰。眼淚從萊高維諾主教的臉上流下來，他對著鮮血淋漓的屍體舉起了十字架，

「兄弟姐妹們，讓我們記住今天這個苦難的日子！」而後他提高了顫抖的聲音，「兄弟姊妹們大家不要被鮮血嚇倒，伯多祿兄弟的血是不會白流的，慈悲的天父是不會拋棄我們的！請你們記住，今天這個生與死的關頭，也是我們離主最近的關頭！請你們記住，致命的血是奉教人的種子，哪裡流得多，哪個地方奉教的人就更多！伯多祿兄弟是為天父而獻身的，今天，就讓我們把這位兄弟埋在天父的聖殿之側。從今以後，天母河將永遠傳頌他的英名！邪惡的人要往永刑裡去，那些義人要往永生裡去。萬能的主啊保佑我們吧，睜開眼睛看看我們的鮮血吧！哈利路亞——！以馬內利——！」

人們一起回應著萊高維諾主教，幾百人的祈禱聲在教堂的穹頂內激盪迴響。

祈禱的人群身後站著全副武裝的儒勒上尉，在他的指揮下教民自衛隊已經布置完畢：教堂正門街壘十五枝步槍，後門街壘十枝步槍，鐘樓上的觀察哨四枝步槍，自己除了左輪手槍而外也再拿一枝步槍，剩下的十枝步槍組成巡邏隊，隨時查看準備增援、應付意外，打開箱的木柄手榴彈擺放在前後街壘陣地的沙袋下邊。天主堂此時已經是一座戒備森嚴的堡壘。看著被擋在街壘外邊的人潮，看著教堂裡滿臉恐怖的人群，儒勒上尉一再慶幸自己提前建立街壘封閉了大門，他確信是自己帶來的哈乞開斯步槍而不是天主才能拯救這些驚慌失措的生命。

儒勒上尉以自己的職業敏感看出了這個院子裡最大的危機，他在私下裡告訴萊高維諾主教，「主教大人，我們眼下最大的危險不是外面的那些自稱刀槍不入的瘋子，而是自己院子裡面太多的難民，我們的儲備不足以為這麼多的人提供給養，我擔心也許過不了多少天，我們就會因為食物短缺而投降。」

萊高維諾主教毫不猶豫的回答他，「儒勒上尉，這個院子裡的人都是我的兄弟姊妹，我絕不會向異教徒投降，我也絕不會把任何一個人趕到外邊去，我會把最後一口食物留給我身邊的人。你的任務是守住教堂的大門，把義和團擋在外面！天主保佑！」

四

「盡說瞎話！就沒看見刀槍不入呀！就沒看見天兵天將呀！再說了，咋兒也看不見我爹了呢？你說他能上哪兒去呀他？」

這麼氣哼哼地想著，騎在樹枝上的柱兒挪了挪身子，讓自己靠得更舒服一點。柱兒低下頭，就又看見了長木案上那一排七零八落的粗瓷碗。剛才擠在人堆裡，柱兒緊張得連氣都不敢出，柱兒親眼看見那個領頭的人把著火的黃表紙在臉前頭晃來晃去，閉著眼睛掐訣念咒，跟著就把火紙放進碗裡兒，碗裡兒就冒起藍火苗子來，他一仰脖子就把藍火苗子都給喝了，喝了火苗子就拍胸脯，滿地亂滾，猛一下子跳起來，又喊又叫，兩眼血紅。他身邊一群光膀子的男人們也都照這樣，點火，燒紙，接著把藍火苗子吞進嘴裡。喝完了酒，都拍胸脯，都叫喊刀槍不入，刀槍不入，舉著大刀、長矛、鐮刀、鐵鍬，哇哇哇哇喊成一片，亂哄哄地往教堂大門口衝過去。趁著亂，趁著大人們都走了，柱兒趕緊悄悄跑過去，踮著腳尖端起來木案上的粗瓷碗查看，碗底子上還有一口沒喝完的酒，酒裡漂著黑忽忽的紙灰，酒味兒衝得鼻子辣辣的。柱兒回過頭來，只能看見一大片晃著辮子的光脊梁，一大片繫著紅布條的後腦勺……猛一下，槍就響了，呼呼邦邦響成一片，就像過年放砲仗，教堂大門前邊的空場地就成了平的，人就都躺下了，沒有一個刀槍不入的……柱兒急得抓耳撓腮的，柱兒就看見身邊這棵槐樹了，三把兩把爬上來，這下可好了，全都看清楚了……看清楚了的柱兒很失望，很喪氣，咳——呀，還不如集上那個變戲法的！那個變戲法的也說刀槍不入，把酒喝下去，跟著就把一把攮子插進嘴裡兒去了，插進去又拔出來，插進去又拔出來，那才叫真的刀槍不入呢！哪像這些個笨驢呀，槍一響全都躺下了！還吹牛屄說是天兵天將呢，人家天兵天將都是駕著雲彩在天上飛的，哪有躺在地上的天兵天將呀？再說天兵天將哪兒有使喚鐮刀、鐵鍬的呀，也忒寒磣人啦……前邊的人躺下了，後邊的人猶豫了一陣，又嗷嗷叫著往前衝，眼看就衝到教堂大門口了，窗戶裡兒就冒出個黃頭髮、八字鬍的洋鬼子來，一抬手，轟隆一聲，驚天動地，打出一個霹雷來……又一抬手，又轟隆一聲，驚天動地，又打出一個霹雷來……教堂大門口就沒有站著的人了……就沒有一個天兵天將再敢往前衝了，全都撅著屁股往後跑……那個打霹雷的洋鬼子站在窗戶口上拎起一個洋玻璃瓶來喝，嗚哩哇啦地叫，齜牙咧嘴地笑，從腰裡拔出個小槍朝天砰砰就是兩槍……柱兒心裡別提多羡慕了，這個洋鬼子倒是真有點像個天兵天將，這個洋鬼子就像是廟裡兒牆上畫的那個雷公，一抬手，咣——，就放一個霹雷，一抬手，咣——，就放一個霹雷，他放的霹雷可真厲害，震得天也搖，地也動，震得樹都跟著晃悠……這個洋鬼子是跟誰學的呀，他放的霹雷咋兒就這麼厲害、這麼響呀，震得人耳朵都快聾啦……柱兒又想，多半兒這個洋鬼子喝的也是化了符的酒，敢情這個洋鬼子燒的紙、化的符更厲害……真他媽厲害呀，一倒一大片，一倒一大片……我大娘能颳風、能點火，可人家這個洋鬼子能打雷，一抬手，咣，一個霹雷，一抬手，咣，一個霹雷，真叫個厲害！真叫個神氣！趕明兒個我長大了，就學這個最神氣、最厲害的，我啥時候才能學會這個放霹雷呀……我才不學這些個說瞎話的笨驢呢，真叫個敗興，真叫個喪氣，大老遠跑來看他們刀槍不入，全都躺在地上不會動彈了，早知道這樣兒還不如在河裡兒多鳧一會兒水呢，還不如留在家和招兒、羔兒她們一塊堆兒玩耍拐呢……義和團這邊兒這麼多人，這麼多人圍了好幾天天主堂，咋兒就沒個真的天兵天將呢？

自從義和團包圍了天主堂，天石鎮就成了個大集市。鎮上所有的商鋪和大戶人家的糧倉都被打開分發，天母河兩岸的農民們像趕集一樣聚集到天石鎮來。有送吃、送喝的，有趕著來參加義和團的，更多的是來分糧食、看熱鬧的。大家都想看看刀槍不入的義和團到底是不是真的刀槍不入，到底是怎麼才能有了這麼神奇的功夫，到底是怎麼變成了天兵天將的。大家都等著義和團攻破天主堂，都想看看天主堂裡那些黃頭髮綠眼睛的洋鬼子，到底都是怎麼殺了小孩熬藥丸的，到底都是怎麼剜人心吃人肉的。

天石村紅槍會的男人們全都去了天石鎮，全都參加了義和團。一個沒了男人的村子，就好像忽然沒了分量，村子裡整日價無聲無息、空空蕩蕩的。那兩天，柱兒太想去天石鎮了，柱兒想去天石鎮都快想瘋了，可柱兒他娘就是不讓去。柱兒他娘在柱兒腰上拴了根繩子，柱兒他娘捏著個笤帚疙瘩照屁股上就是幾下子，一邊打一邊罵，你個小兔崽子，三天不打上房揭瓦是不是？你不要命啦是不是？那是打仗，不是看戲，不是你過家家，你個小兔崽子長了幾個腦袋呀？柱兒不服氣，忍著疼還嘴，你瞎說，我爹說了，人家義和團全都是天兵天將、刀槍不入！我爹說了，這個事兒就不能和你們老娘們兒說……可柱兒他娘的笤帚疙瘩打得太疼啦，柱兒解開繩子就跑，柱兒他娘就追，跑出院門就追不上了……柱兒他娘就在背後跺著小腳哭，柱兒呀柱兒，你就聽娘一句話吧，你爹臨走叫我看好了你，你可不能去呀，好兒子，娘求求你啦柱兒……迎兒、招兒、羔兒、白悶兒也在後邊追，一邊追一邊喊，柱兒哥、柱兒哥，咱們一塊堆兒耍拐吧……柱兒不回頭，柱兒一直朝河邊跑，誰稀罕和你們閨女家家的玩兒耍拐呀！眼看跑到冷石灘了，仨閨女還追著不放，柱兒就轉過身來威脅……這都是老爺們兒的事，我過年前兒跟著紅槍會給關老爺磕過頭了，你們又不是紅槍會的，你們又沒給關老爺磕頭……可仨閨女還是追。柱兒瞪起眼睛來，閨女家家的瞎摻什麼亂吶，再追，再追我就脫光眼子啦……迎兒嚇得趕緊轉過身去，羔兒就捂著嘴兒笑，還老爺們兒呢，也不嫌寒磣……招兒也笑，光就光唄，見天兒光著個眼子鑽被窩兒，誰還沒見過，……柱兒三把兩把脫光了衣服，捲成一個卷，用腰帶把衣服捲綁在腦瓜頂上，稀哩嘩啦趟進了河裡，劈利撲通的狗刨起來。年年夏天村裡的男孩兒都在冷石灘玩水，這是個水最淺、河最窄的地方，天一旱，就更窄。一轉眼，柱兒狗刨著過了河。柱兒水淋淋地在河對岸站起來，解開腰帶取下衣服，驕傲地轉回身來，看著三個沒了主意的女孩和低下頭啃草的白悶兒，赤身裸體的柱兒喊，來呀，有本事也鳧過來呀……羔兒就哭了，哥，哥，你晌午前兒上哪兒吃飯去呀……隔著河，柱兒笑出滿嘴的白牙，柱兒從衣服兜裡掏出個糠窩窩舉起來，羔兒，你別哭啦，哥早就預備下了，你放心吧，餓不著哥……快帶白悶兒回家吧，回去告給娘，我去瞅瞅咱爹，天黑前兒我就回家了！

如果不是這個糠窩窩，柱兒也許就錯過了自己一生之中最神奇、最激動的經歷。坐在槐樹枝上，柱兒吃了自己的糠窩窩，吃了糠窩窩的柱兒失望之極地打量著無聲無息的天主堂，心想，咳呀，坐了這麼個好地方，啥也沒的看，還不如趕集熱鬧好看呢，真他媽敗興……他們要是再窩在巷子裡兒不敢動彈，我的糠窩窩就白吃了，我就白挨了笤帚疙瘩了，還不如跟家帶著白悶兒吃草去呢……可奇蹟就是在那一刻發生的，柱兒忽然看見一個人騎了一匹棗紅馬從天而降，這個人騎大馬，挎洋刀，揹洋槍，腳上蹬著黑皮靴，腰裡紮著寬皮帶，身上穿了一身從沒見過的黃衣服，馬頭上插了一面小小的三角錦旗，紅地金邊鮮豔無比……柱兒聽見底下的人群山搖地動地叫喊起來，柱兒揉揉眼睛，柱兒不能相信自己看見的，柱兒覺得一陣一陣的頭暈，覺得心都快從胸口裡蹦出來了……這都是真的嗎，這到底兒是從哪兒來的天兵天將呀？接下來發生的事情更是除了孫悟空誰也辦不到的……杜兒親眼看見這個天兵天將摘下來肩膀上斜挎的洋槍，站在一截院牆後邊，把槍架在牆頭上，瞄準了天主堂的窗戶，砰——，一聲槍響，那個齜牙咧嘴的洋鬼子就從窗戶裡倒下來，倒下來的時候手裡還死死抓著他的洋玻璃瓶……接下來又是砰，砰，砰，一陣堅定不移的槍聲，又有幾個人倒下來，天主堂的沙袋後面就亂了營……義和團的大刀、長矛、鐮刀、鐵鍬又全都舉了起來，人們發了瘋一樣嗷嗷叫著衝了上去……在他們身後，是冷靜而又堅定的槍聲，砰——，砰——，砰——……打一槍，換一個地方，打一槍換一個地方……杜兒騎在樹枝上看得目瞪口呆，杜兒不由得跟著叫起來，天兵天將，刀槍不入！天兵天將，刀槍不入！天兵天將、刀槍不入……杜兒不知道這個眼前的天兵天將就是張天保，就是自己六年前離家入伍的二伯……杜兒忘乎所以地在樹枝上歡呼雀躍，杜兒為自己親眼看見的奇蹟熱血沸騰，靈魂出竅，杜兒覺得自己簡直快要飛起來了……天兵天將，刀槍不入！天兵天將，刀槍不入……杜兒忽然發瘋一樣叫起來，爹，爹我看見你啦，你回頭瞅瞅我呀爹，我在這兒吶……你趕快著呀，跑啊，快跑啊……你咋兒也跟他們一個樣兒躺下了呢……爹，爹，麻利兒站起來跑呀，你又不是笨驢，你快跑啊……面對著山呼海嘯的人潮，教堂裡喪失了指揮的反擊慌亂而又無序，眨眼間，大刀和長矛，鐮刀和鐵鍬，衝到了大門下面，滙聚成一片殺氣騰騰的紛亂的森林……一陣絕望的亂槍從教堂裡發射出來，衝鋒的人群中有人倒下來，可更多的人很快就淹沒了倒下的缺口。人們歡呼著抬著木樁撞擊教堂大門的聲音像戰鼓一樣傳過來，嘭咚——嘭咚——嘭咚——，柱兒也跟著叫，嘭咚——嘭咚——嘭咚……忽然，柱兒停止了歡叫，柱兒覺得自己好像是被什麼東西猛然撞了一下，一顆熾熱的哈乞開斯步槍子彈穿胸而過……震天動地的吶喊聲中，如癡如狂的生死決鬥之間沒有人注意到，柱兒像隻小鳥一樣從樹枝上自由地撲落下來……

張天保跟在天石村的男人們身後，搜遍了所有的角落也沒有找到張馬丁。憤怒的人群終於來到墓地，推倒墓碑、掘開了墳墓。因為一直乾旱無雨，墓穴裡的一切幾乎都還是原樣。當棺材被掀開的時候，人們沒有看到屍體，只看到了一件繡著十字架的長袍。怒火一下子在人群中爆發起來，「狗日的們就是假的，沒有屍首，哪有死人？假的！全他媽是假的！洋鬼子們就是專門弄了假案子殺人、拆廟！」「洋鬼子心忒黑呀——！」「天賜兄弟死得冤枉啊——！」「叫他殺人償命！叫那個高主教償命！宰了他個王八蛋！點了狗日的天燈！」「點呀——點天燈啊——！」

武衛前軍行營衛隊騎兵棚長張天保絕沒有想到，自己竟然是以這樣的方式「榮歸故里」

的。在所有的砍殺，搗毀，焚燒，搶掠，都結束之後，義和團的弟兄們從教堂的祭臺上拆下十字架，把萊高維諾主教綁在十字架上，把砸碎的桌椅殘肢堆滿在他身子下邊，又有人把從倉庫裡搜出來的煤油澆在柴堆上，澆在萊高維諾主教的身上。教堂的大門裡堆滿了教士和教民的屍體，教堂的大門外躺滿了義和團弟兄們的屍體。義和團的弟兄們把一枝點燃的火把遞到張天保的手裡，大家一致推舉，今天這場來之不易的勝仗一多半是他的功勞，他就是活生生的天兵天將，他就是「天保大元帥」，這個「天燈」該由他來點。

不知不覺中，昏暗的暮色裡烏雲密布，目光所及，血流遍地，屍體成堆，燃燒的房子火光沖天，遍地破碎的彩色玻璃在腳底下稀哩嘩啦地呻吟。

張天保接過火把走上前去，指著教堂大門外邊，「高主教，去年你們設下冤案害了我哥哥，今天你們又在教堂門前殺了我弟弟，你現在睜開眼睛看看，這教堂內外屍橫遍地，血流成河，這就是你想要的麼？」

萊高維諾主教緊閉雙眼大聲祈禱，「邪惡的人要往永刑裡去，那些義人要往永生裡去。阿門——！」而後突然大睜著眼睛呼喊，「點火吧，異教徒，我願意和我的兄弟姊妹們一起為主而獻身！」

張天保毅然將火把扔進了柴堆。

熊熊大火中傳出萊高維諾主教最後的高喊，「主啊，主啊，你為什麼拋棄了天母河……」

像是在回應他，翻滾的烏雲裡劃過一道裂空的閃電，驟然響起一陣驚天動地的雷聲。天母河兩岸的人們驚訝地抬起頭來，一年半的酷旱煎熬中，他們第一次聽到了響徹大地的雷鳴。

震人心魄的雷鳴中，張天保心如刀割，他明白，自己違反軍令擅自參戰，犯下的是死罪，已經永無可能再返回武衛前軍。可聶軍門的靈旗招魂一樣在他眼前飄蕩翻捲……扔下火把的張天保面向南天雙膝跪地，

「聶大人，天保今天擊殺洋教官以下二十一人，天保違反軍令私自參戰，無顏再見大人，無顏再見弟兄們……可家仇國恨，天保不能袖手旁觀，袖手旁觀生不如死……袖手旁觀非丈夫也！」

張天保站起身來的時候，看見一群義和團的弟兄們正解開自己的緬襠褲，掏出黑忽忽的陽具對著院子裡殘缺不全的屍體，嘩啦啦地射出尿液。張天保猶豫了一下，而後走到義和團的弟兄們當中，也像他們一樣掏出自己的陽具，酣暢無比地尿起來……猛然間，張天保覺得自己的屁股一陣疼得鑽心。

黑壓壓的天幕之下，升騰著沖天的大火，熊熊烈焰的中間，萊高維諾主教變成了一個燃燒的十字架，豎立在窒息的黑暗之中。

耀眼的閃電再次撕破夜空，撼天動地的雷聲之後，巨大的雨點從天而降，在焦渴的大地上滙聚成一派磅礴千里、渾厚莊嚴的共鳴。

五

就像是有人截斷了天河，憋了一年半的大雨不分晝夜狂瀉七天而不止，天地間只有白茫茫一片嘩嘩的水聲，無邊無際，淹沒一切，隔絕一切。

大雨是在第七天的半夜裡停的。滂薄不止的大雨被突然而至的安靜斬斷了，無邊的黑暗中凝滯起一派不祥的安靜，喧鬧之後的夜空，像是一面突然被徹底打破的鏡子，黑洞洞的鏡框裡散落著寥落的寒星，躺著一環怪異的滿月。

張王氏是被突然而至的安靜驚醒的。耳朵邊上一刻不停的喧囂沒有了，張王氏慌忙起身，推門來到院子裡，濕漉漉的石板上散落著水漬，流簷上的水滴有一下沒一下地濺落到黑暗裡來。牆角裡老鼠們慌亂地竄過，屋脊上有幾隻貓來回蹤躍。四下裡安靜得讓人心慌。張王氏推開山門，站到娘娘廟山門前的石頭臺階上。張王氏驚訝地看見冷白清澈的月光下，清沙河、濁沙河夾著天石村，像夾著一片飄蕩的樹葉，洪水低沉的嗚咽聲從黑夜最深處湧過來。冷冷的月光下，漲滿洪水的清沙河、濁沙河忽然寬闊得陌生而又蠻荒。

接著，張王氏看見石階下的獻亭裡有一片人影，一個人朝自己走過來怯生生地打招呼，「嫂子……是我，我是柱兒他娘……村裡的男人們都跟著張五爺去了天石鎮，都叫大雨給隔在東邊兒沒回來，都七八天了……柱兒他爹和柱兒也都沒回來……我們正在這兒尋思呢，到底兒是等男人們回來拿主意呀還是不等……都是老娘們兒家，都拿不定主意……從來也沒見過這麼大的水，到底兒叫嫂子呀還是不叫……到底兒是叫娘娘呀還是不叫？」

張王氏被問愣了，「叫我……叫我要咋兒著……」

柱兒他娘又朝前上了一個臺階，「大家夥兒都害怕這水……這水忒大啦，從來也沒見過這麼大的水，都淹了半個村兒了，都尋思著找地方躲呢，上那兒躲去呀，沒個地方……全村兒就您這兒高不是……水要是再漲，就沒地方躲了……求了娘娘多少回，好不容易娘娘把水給降下來了，這會兒又嫌水忒多……大家夥兒實在張不開嘴不是……」

張王氏忽然明白了，轉身推開大門，又回到臺階上喊，「鄉親們哪，都趕緊著進廟裡兒來吧，這是咱自己的廟，快著，都趕快著！」

聚在獻亭裡的人們一轉眼都走上臺階，走進了院子，羔兒手裡牽了白悶兒跟在大人們身後，柱兒他娘攔住羔兒，

「羔兒，這都是什麼時候了，你咋兒這麼不懂事呢，娘娘廟裡兒哪兒能放你的奶羊

啊？」

白悶兒不說話，溫順地依在羔兒的腿邊上。

羔兒的眼淚就忍不住了，「……娘，我少要塊地方行不……讓白悶兒跟我睡……白悶兒還帶著她的羔兒呢……」

果然，張王氏看見一隻小羊羔從白悶兒的腿底下鑽出來，驚慌失措地叫個不停。

杜兒他娘急了，「愈說愈來了，拖家帶口的更不行！你這孩子咋兒就這麼不懂事呢，現在救人都救不過來！」

正說著，有幾隻狗也夾在人腿縫裡跟進來。杜兒他娘抬手往外轟，張王氏攔住她，「別轟，都叫進來吧，都是一條命。」又趕緊吩咐，「來，老的、小的都進大殿，大殿裡兒最寬敞！誰過來扶一把九奶奶，快著！……都吃飯了沒？都渴不？定準還有沒來的，敲鑼，趕緊敲鑼，咱的殿裡兒有面大銅鑼，就在西廂房放著呢，年年兒迎神會都用它，趕緊著拿出來敲！把鄉親們都叫來，多帶點兒吃的、用的，還不知道水什麼時候退，不知道要在這兒待幾天呢……」

正在吩咐的張王氏突然停下來，張王氏突然看見了從人群的後面走出來迎兒和招兒。招兒張開兩隻胳膊跑上來撲到懷裡就哭，

「娘……娘……你咋兒就不回家了娘……娘，我都快要想死你啦……你還是回家吧娘，

我就不願意讓你住在廟裡兒給他們當娘娘……」

迎兒從懷裡掏出一把梳子遞上來，「娘……你的梳子忘在家裡兒了……小嬸兒說要來廟裡兒住，我就給你帶上了……」

張王氏接過梳子，一下把兩個孩子攬在懷裡，眼淚嘩嘩地流下來。

招兒抬起淚臉又問，「娘，你跟我們回家不？給我們做飯不？」

張王氏點點頭，「回……這回的水下夠了，不用再求娘娘下雨了，等水退了，娘跟你們回家去，見天兒給你們做飯吃。」一面說著推開孩子們，「快進屋吧，娘這會兒顧不上跟你們說閒話兒。」說著又抬起手來招呼，「換喜媳婦，管同媳婦，滿蕩媳婦，還有白蛾兒她娘，你們幾個都過來，住在東廂房，睡我的炕，全都是有身子的人，不能和他們擠窩窩兒！」轉過身來又招呼，「柱兒他娘，你待會兒也過來，我瞅你的身子也不輕了。」

換喜媳婦，管同媳婦，滿蕩媳婦，還有白蛾兒她娘，都挺著大肚子走過來站在東廂房的門口。柱兒他娘就是在那一刻忽然發現了張王氏也高高隆起的大肚子。柱兒他娘心裡一陣歡喜，「咳呀，他大伯的種子到底兒還是留下了……瞅現在這模樣兒，許是懷上孩子人也變清楚了，魂兒又回來了……你說咋兒就這麼巧呢，六個女人一塊堆兒懷上了，真叫個齊整啊……咋兒而就湊得這麼巧呢你說……」又一轉念，「……不對吧……迎兒他娘這是啥時候懷上的呀……」這麼想著她把眼睛轉到了迎兒他娘的肚子上。

沒等她緩過神來，張王氏又催開了，「杜兒他娘，你趕快著拿鑼去，順便瞅瞅外邊還有沒進來的沒有？」

杜兒他娘沒有馬上動身，杜兒他娘有點為難，「嫂子……其實呢，人都來了，你再瞅瞅去吧，上村、下村的都在外邊呢……」

張王氏再次轉身走到大門外面，這才看清楚獻亭後邊站了黑壓壓一片人，人群中間夾雜著牛、馬、驢、騾和豬、鴨、雞、鵝。月光下，牲畜、家禽和人都恐懼地擁擠在一起晃動著，朝臺階上仰起臉眼巴巴地張望。

杜兒他娘在張王氏身子後邊壓低了聲音，「嫂子……這都是下村的，都是從了洋教的喬家、秦家、高家的人，他們也是男人們都去了天石鎮，都去了天主堂，就剩下些老的、小的，和女的……嫂，你說，咱的娘娘廟是叫他們進呀還是不叫他們進呀？趕明兒個等男人們都回來了，這個事情可咋兒掰扯呀？咱們老娘們兒家能做這個主不？」

張王氏抬眼看看人群，又看看天石腳下寬闊蠻荒的洪水，冷白的月光下，低沉廻漩的水聲從黑暗裡傳過來，嘩嗚……嘩嗚……嘩嗚……像千百頭可怕的巨獸發出的喘息。

張王氏回過頭來問，「杜兒他娘，你說見死不救的菩薩她還是菩薩嗎？」說完轉回身去對人群招手，「要逃命還得等人請呀，趕緊著，快點上來吧，屋裡兒沒地方，院子裡兒有地方，大家夥兒站也站開了，快上來吧！」人群湧上來的時候，張王氏又指著馬背上的糧食口袋說，「把糧食和做飯的家具都湊湊，幾百口子人吃東西，鍋碗兒瓢盆兒也得用點子呢！」

悲喜交集的人們匆匆跑上來，立刻擠滿了石頭臺階，正走著，忽然間水聲大作，走上臺階的人群驚恐地停下來回望，浩蕩的月光裡，人們看見從太行山上沖下來的洪水泛著白浪，沖過了村子兩邊的護村大堤，鋪天蓋地地吞沒了莊稼，湧進了天石村，一眨眼，旋轉奔騰的洪水中房倒屋塌，大樹沒頂，整個村子變成一片汪洋……不知誰家的草垛漂了起來，草垛上一群慌亂的白鵝驚叫不已，沒來得及跟上來的牲畜們在洪流裡拚命掙扎、嘶叫，轉眼就沒了蹤影……世世代代的天石村，世世代代的家園，轉瞬間無影無蹤，只留下洪水滔天……巨大的恐懼和悲傷讓人們屏住了呼吸，有人不由得在胸前畫起十字。眼看著，洪水朝娘娘廟吞沒而來，很快，八角獻亭像一隻帽子漂浮在水面上，剛才還是高高的石頭臺階，猛然間只剩下最後的四五階，洶湧的洪水勢頭不減，就像是飢餓的猛獸追上了逃跑的獵物，人們的臉上、手上、身上都已經開始落上飛濺的水霧，最後留在石頭臺階上的人在驚叫聲中衝上山門。

柱兒他娘突然哭出聲來，「老天爺……老天爺……這是老天爺要收人呀，這是老天爺要滅了咱天石村呀……神仙祖宗趕快著救救命吧！誰能來救命啊……八方神靈，九界天仙，滿村子的老小可都在呀……可就剩下最後這塊救命的石頭啦……」

張王氏斷然朝洪水回過身來，走到最前邊的臺階上，對著滔滔大水跪下來，身後的人們也都不由自主地跟著她跪下。

張王氏雙手合十，突然大聲喊出一句，「哈利路亞！」不等人們跟上，張王氏又喊，「娘娘保佑！」

廟裡、廟外一片驚呆。誰也沒料到會聽到這樣的祈禱，誰也不知道自己到底該怎麼跟隨、應和這個最後的祈禱。人們愣在恐懼裡，廟裡、廟外一派死寂。

頭上冷月森森。腳下洪水滔滔。

豁然間，從遲疑和猶豫中，從死一樣的寂靜中，爆發出一片混亂無比的祈禱聲……「哈利路亞！」「娘娘保佑！」……「娘娘保佑！」「哈利路亞！」在胸前畫十字的手臂，和跪在地上磕頭的身子，此起彼伏，交錯一片。

娘娘廟的腳下，滔天的洪水翻捲著，喧囂著，奔騰而去，所到之處吞沒萬物。冷月高懸，寒星寥落，天地之間一片茫茫，混沌洪荒……天石和天石上的廟宇像一隻不沉的石舟，在驚濤駭浪中起伏顛簸，漂渺如豆。

尾聲

一

張王氏站在灶台邊上炒沙土，沙土是從河邊挖的，挑回家來再用細籮篩了，曬乾，然後就炒，炒熟之後再晾涼，搓到一個柳條編的方笸籮裡，這就是孩子的床。拉了，尿了，都在笸籮裡，把弄髒、尿濕的沙土朝外一搓，孩子就又睡在又乾又軟的沙土裡了。現在天氣有點轉涼了，張王氏擔心涼著孩子，每天都要再炒兩遍沙子，想給孩子弄個暖和點的窩。正炒著，隔著門簷下邊的亂草，張王氏看見馬修醫生又走進院子裡來，她不抬頭，攥住手裡的鐵鏟子使勁兒地翻，唰——唰——唰——沙土翻上來，翻下去，翻上來，翻下去，好像是在翻炒一鍋金黃的炒麵。

張王氏低著頭，沒好氣地大聲叫嚷，「你這個洋郎中咋兒又來了？我們家不吃你的洋藥，也不要你的糧食、錢，我們家天賜要是知道了，非楔死我！快走！快走！快走！」

正說著，孩子在炕上哭起來。張王氏趕忙放下鍋鏟，撩起圍裙擦擦手，轉身進到裡屋。

裡屋其實也稱不上是屋，都是大水過後，在殘牆斷壁上用樹枝、亂草搭個蓋子，臨時湊合。大水過後，天石村的房子除了娘娘廟，沒有一間是整個的。被大水淹過的土炕也是臨時湊合的，剛剛抹了泥的炕皮還沒完全烤乾，被柴火燒出來的熱汽從炕的四周慢騰騰地升起來，孩子就躺在一片熱騰騰的白色水氣裡哭，小臉兒脹得通紅，雪白的小拳頭攥得緊緊的舉在半空裡晃來晃去。張王氏上去把孩子從笸籮裡抱起來，輕輕的胡擼一下孩子身上的沙土，隨手敞開衣懷掏出乾癟的奶子塞進孩子嘴裡。沒有奶水，可是有淚水落下來，

「孩兒呀孩兒……你娘這會兒沒有奶水兒，就有眼淚兒，可眼淚兒不能給你當飯吃呀……要是眼淚兒也能當奶吃，娘情願天天兒哭，情願哭死，也得把你餵活了……天老兒就咋兒啦，天老兒也是娘身上掉下來的肉……孩兒呀孩兒，你別不知足啦，你還算是運氣好的，你還有個白閼兒能讓你吃個半飽呢……白閼兒是個有良心的，知道報恩，這世上知道報恩的沒幾個……白蛾兒他娘沒有個白閼兒，孩子早就餓死啦……孩兒啊別哭啦，再忍忍，娘就叫你姊給你牽白閼兒去……」

懷裡的孩子依舊大哭著，金色的頭髮在一縷斜射進來的陽光裡熠熠生輝。

等到抬起頭來的時候，張王氏發現進到屋裡來的不只是一個人，馬修醫生的身後還站著一個洋修女，再後邊是柱兒他娘和拉在手裡的白閼兒。

張王氏沒好氣地追問，「不是說義和團把你們教堂裡兒的人都殺光了嗎，咋兒就又冒出

你們這些個洋人，敢情是又都活過來的？你們都會幹這個？」

馬修醫生回頭和瑪麗亞修女會意地對視了一下，回答說，「沒有，教堂裡的人沒有被都殺光，高主教讓我們帶著傷病員和育嬰堂的孩子們躲進祕密的地下室裡，才躲過了教堂大屠殺。」

忽然，拄了柺杖的張五爺從最後面趕到前面來打招呼：「天賜家裡的，你在家吶！」

看見張五爺，張王氏紅了臉，趕緊把孩子放下掩上懷，慌忙打招呼，「哎呀，五爺來啦，我就沒看見……五爺，您趕緊坐下……」一邊說著把一只草墩放在炕邊上，又抬起臉來道歉，「五爺……您瞅瞅屋裡兒亂的，就沒個插腳的地方……要不咱們去院子裡兒說話兒吧……院子裡兒敞亮……」

五爺擺擺手，五爺長長嘆了一口氣，「迎兒他娘，快別忙活啦，就在這兒跟你說幾句話吧。」

張王氏有點詫異，「五爺，有什麼要緊的事情還得勞您駕自己個兒跑來呀？」

說話間張五爺忽然撇下手裡的柺仗，當面跪在了地上。

張王氏嚇得叫喊起來，「五爺！五爺……您這是怎麼話兒說的呀……五爺，五爺……您給我跪下，我可給誰跪去呀……」一面說著，張王氏也跪在了張五爺的對面。

張五爺老淚縱橫，「迎兒他娘……我今天來，是想跟你說句張不開口的話……」

「五爺，您有話趕緊說，跟我說話還有啥張開張不開口的？您有話快起來說！」

張五爺還是不起，「迎兒他娘，我這話只能跪著說……迎兒他娘，你也看見了，咱天石村如今是片瓦不留，顆粒無收，家裡兒原來有點兒存糧的也都叫大水給沖了，眼見這個冬天就熬不過去了……可如今官府又下令剿殺義和團，咱們村的紅槍會參加攻打天石鎮天主堂，孫知縣捎來話，投案自首的流放口外，不投案自首的全家滅門……迎兒他娘，我活了六十多了，我死不死都活夠了，可咱們天石村張家門裡如今已經出了十幾個寡婦，要是再遭這滅門大禍，可就是真的斬盡殺絕啦……天災是滅頂之災，人禍是滅族之禍……咱們老張家算是走到頭了，走到絕路上了……」

張王氏聽不明白，「五爺，這麼大的事情，我一個婦道人家可能幫上什麼忙呢？」

「迎他娘你聽我說，這位馬修先生和這位瑪麗亞嬷嬷現在是天石鎮天主堂臨時主事的人，這幾天正在村裡散發救命的賑濟錢糧。他們說，只要咱們答應他們一件事，他們就可以叫孫知縣不再追究天主堂的案子。」

「五爺，這人命關天，那你就答應吧。」

五爺搖搖頭，「迎兒他娘，不是我答應，得是你答應！」

張王氏抬起身來迷惑地看著對方，「五爺，我一個婦道人家能答應他們啥了不起的事情呀？」

五爺深深一拜，「迎兒他娘，他們是來要回這幾個孩子的，換喜媳婦，管同媳婦，滿蕩媳婦，白蛾兒她娘，還有你，你們五個人生的孩子，他們想全都帶走……他們說這幾個孩子不是天老兒，他們說他們不想把這幾個孩子留在村裡讓人當二毛子欺負……」

張王氏瞪大了眼睛，「五爺……你說啥？」

「他們說，這幾個孩子不是天老兒，是他們洋人自己的孩子……迎兒他娘，我也已經問過那幾個媳婦了，她們一口咬定說自己是女兒會的人，這是她們從娘娘那兒求來的神種，她們死也要守住天規，沒有你的示喚，她們寧死也不答應……迎兒他娘，你是娘娘……這件事兒，只有你最清楚，也只有你能說動她們，你要是先就不答應，這件事情就沒指望了……」

就像是當頭打了一個霹靂，張王氏好像又聽見、又看見了那天晚上裂空的霹雷閃電，她好像明白了張五爺求自己做的事情，她不能相信自己聽見的，「五爺……你是說我得答應他們把我的孩子抱走……我得答應他們把這幾個孩子都抱走……天底下有這樣的娘嗎……」

馬修醫生走上來勸解，「我真心的希望你能明白，我們不是要奪走你們的孩子……我們是擔心他們的未來，他們不可能永遠作為二毛子生活一輩子……我是醫生，我已經看過所有的孩子，他們不是你們說的天老兒，不是白化病，他們是混血兒……」

瑪麗亞修女也走上來，「我們不想看到有人再為教案流血了，血已經流得太多了……我們真的只是想救這幾個孩子，現在五個孩子當中已經有一個餓死了，所有的媽媽都沒有奶水……冬天很快就要到了，我們不能眼看著所有的孩子都餓死……」

張王氏忽然淚如雨下，「……咋兒就又是我呀，咋兒就又是我呀……為啥非得是我的骨肉親人換別人的命啊……天賜捨了命，還不夠啊，還得捨我這個兒子……我是餓得沒有奶，我是餵不飽他，可他就是餓死，也是在娘懷裡兒餓死的……」

突然，瑪麗亞修女也跪在了地上，「我也是做過媽媽的人，我明白你的心……可如果孩子能有一條活路，為什麼非要讓他死呢……天石村的教友們告訴我，大洪水來的時候，是你打開了大門，救了他們所有的人，他們說，你是這個世界上最慈悲的人……白蛾兒他娘的孩子已經餓死了，你現在可以再一次打開門，你就能救活剩下的這四個孩子……我們有育嬰堂，還可以在教友裡給他們找奶媽，把他們好好養大。如果你們想孩子，也可以去常常看看。等他們度過這個冬天，等他們長大了，如果你們覺得還想把孩子接回來，我們也絕不阻攔，我們所做的一切只想為孩子們著想。這件事情我們還可以當面立下字據。當然，如果你還是不同意，我們也可把賑濟的錢和糧食發給你們，完全由你們自己來撫養孩子。請你不要再拒絕我們的賑濟錢、糧。」

張五爺跪在地上連連磕頭，「迎兒他娘……你現在就是天石村救苦救難、救人救命的活娘娘……你現在就是大慈大悲的活菩薩……你張嘴一句話，就把全村人的命救下啦……我這兒給你磕頭啦，我替全村人在這兒給你磕頭，求求娘娘大慈大悲救救命吧……」

張王氏顧不上回答，哭得呼天搶地，「又是我……又是我……又是我……」

懷裡的孩子也跟她一起嚎啕大哭。

杜兒他娘哭著走上來把孩子和張王氏都抱住，對身邊的人說，「你們都先出去吧，讓我一個人和我嫂待一會兒。」

看著人們走了出去，杜兒他娘拉起張王氏的手，「嫂子，現在咱倆是一樣的命，都是為了鬧教案鬧得成了孤兒寡母。嫂，你還不知道，村裡這會兒已經有人放出話來了，只要孫知縣來辦教會的案子，只要他抓人、殺人，他們就要先殺了你們這四個孩子，照他們說是二毛子……」

張王氏叫起來，「我家天賜是為娘娘廟捨了性命的，他們還誰敢動我的孩子？」

「嫂，別人不知道，我還不知道？你的這個孩子不是我大哥的，也不是天佑的。你尋思當初這麼大的事兒，天佑他能瞞著我嗎？我能不知道嗎？嫂……你這個孩子不是我大哥的，不是天佑的，他還能是誰的？你當人家都沒長眼啊？眼看著一個一個的黃頭髮、藍眼睛，這還用著人家洋郎中說嗎？嫂，你拍胸脯想想，你真心替孩子想想，你把孩子放在個狼窩裡能養大嗎？嫂，我也不用問你這孩子他爸是誰，你自己心裡兒比誰都清楚……」

「我這孩子是轉世神童給我留下的種……是天賜轉世回來給我留下的種……」

「嫂，你還糊塗吶，還留在夢裡兒醒不過來吶？這話現在也就你一個人信，連我都不信，別人誰能信呀？這世界上的事兒啊，就是這個樣兒，現在你還有用呢，現在打教堂的大案子還壓在人們頭上呢，現在他們還得求著你呢……嫂，不信你就等著，這個教案的風聲一過去，人的臉立馬就能變成另一個樣兒……到那時候，你哭都找不著地方哭！嫂，你還想讓他們鬧啊，你還想讓他們為這個教案流多少血呀？你就不怕他們沒有個夠啊……」

張王氏無助地看著對方，「杜兒他娘，你這是替誰說話呀？他們要是再逼我，我就還住到我的殿裡兒去！」

杜兒他娘也哭了，哭得上氣不接下氣，「嫂……醒醒吧，你要是再這麼留在夢裡兒醒不過來，迎兒，招兒就真是成了沒娘的孩兒了……嫂，你快點醒過來看看自己身邊的倆閨女，她們不是還得靠你活嗎，你把她們撇給誰呀……嫂，你不能連白悶兒都不如啊，白悶兒都知道護犢子呢……」

白悶兒靜靜地站在昏暗的棚屋裡。白悶兒偏過頭看看哭成一團的女人們，又看看土炕上大哭大鬧的孩子，白悶兒忽然讓人心軟地叫起來，

「咩——，咩——，咩——」

張王氏猛然跪在白悶兒跟前，抱住白悶兒的脖子，「行……行……白悶兒，白悶兒，我聽你的……」

像是為了回應她，白悶兒又叫，「咩——咩——咩——」

兩個女人就都跪在羊跟前痛哭。

二

把孩子交到瑪麗亞修女的懷裡，張王氏像是忽然放下了千斤重擔，心裡一片荒涼的漠然。她冷靜地抬起頭來，

「連孩子都交給你了，我就都告訴你吧！跟我走吧！」

很快，瑪麗亞修女抱著孩子跟在張王氏的身後來到了娘娘廟，直奔東廂房。張王氏在東廂房堂屋裡站住，指著正對堂屋大門的祭台說，「就在這兒。」說著拿下祭臺上的香爐，揭開了祭臺上蒙蓋的一塊紅布，露出下面的半截夾壁牆。豆綠和紫紅兩色的石條砌出來的夾壁牆有六七尺寬，兩尺厚，半人高，夾壁牆是空心的，空出來的牆心裡添滿了黃沙土。

瑪麗亞修女驚訝地看著這截不起眼的石牆。

張王氏指著石牆又說，「我就把他埋在牆心裡了。他來的那天颳大風，天還沒亮，他就

推門進來了，進來人就死過去了，是凍的，人都凍成了一根硬木頭。是我把他暖過來救活了的，人救活了，可傷沒法兒給他治，手和腳都凍得黢黑爛紫，他最後就是因為這些個傷爛死的。他一口咬定他就是那個死了的張執事。可我咋兒看他咋兒是我的天賜……他壓根兒就是我求娘娘求來的轉世神童……要不他就能深更半夜走進我的殿裡兒來？要不他就能一下跳到我眼跟前兒？他在我的殿裡兒住了一個來月就歸了天。大冬天我們沒地方埋他，也不願意叫人看見，就用廟裡兒蓋房剩下的石頭砌了這截夾壁牆，把他放在空檔裡兒再添上土，就把他留在我的殿裡兒了……我的人，我哪兒也捨不得放，就是覺著放在身邊才放心……」

瑪麗亞修女已經變得臉色慘白，「喬萬尼……不，就是張執事，他最後就沒有留下什麼話，沒有留下什麼東西嗎？」

「留了。」張王氏說著走到夾壁牆跟前，摳出一塊活動的石頭，從裡面拿出張馬丁最後寫的字條來，「他讓我等著，他說總得有一天有個人來找他，他說趕明兒個要是有人來找他，就把這個交給他……他說來找他的那個人叫個哈利路亞……」張王氏忽然兩眼放光地盯住瑪麗亞修女，「老天爺！原來就是你呀，你不就叫那個什麼……亞……嗎？你趕快看看吧，他說他這些個字兒是寫給大家夥兒的，留著給人以後看的，我不識字，你快看看他都寫了什麼字！」

瑪麗亞修女隨手把孩子放在祭臺上，顫抖著打開了紙條，看到了紙條上那些歪歪斜斜的字跡，那是一幅墓誌銘：

真誠者張馬丁之墓

——你們的世界留在七天之內，

我的世界是從第八天開始的。

瑪麗亞修女忍不住痛放悲聲，整個身子撲在了石牆上，伸出手上上下下地撫摸著那些凹凸不平的冰冷的石頭，嘴裡不停地呼喚，「喬萬尼……喬萬尼……我的孩子……我來看你了……我來看你了……我來晚了喬萬尼……」

瑪麗亞修女最後走出房門的時候，又回過頭來依依不捨地打量那座石牆，猛然眼前一亮，她分明看見那些豆青和紫紅的石頭無意間組成了一個十字，一個筆畫粗細不一，字形歪歪斜斜的紫紅色的十字，無比清晰地出現在石牆的正中。瑪麗亞修女抱著孩子對那個十字跪了下來，熱淚從她的臉上不斷落到襁褓之間，

「哈利路亞……以馬內利……萬能的主啊，你是我們永遠的召喚……阿門……」

在她身後，張王氏也跪下來雙手合十，「哈利路亞——！」接著又說，「娘娘保佑——！」

自從那四個金髮碧眼的孩子被接走之後，一個神祕的說法在天母河兩岸的女人中間開始悄悄流傳：《十八春》被留在了天石村，《十八春》是一個叫瑪麗亞的修女留下來的。聽說是一位百歲老太太臨終前想要從教，瑪麗亞修女和神父趕過去為老太太做終敷儀式，儀式之後老太太把所有的男人們都打發出去，然後把《十八春》交給了瑪麗亞修女，後來，瑪麗亞修女來到天石村，就把《十八春》交給了天石村顯靈的娘娘。

三

一個豔陽高照的上午，張王氏和杜兒他娘坐在天母河邊洗衣服。一只大木盆放在身邊，每人手裡拿了一根擣衣服用的棒槌，翠綠的河水邊，兩支雪白的棒槌一上一下，水花就在兩人的臉前飛迸起來，映出一片又一片的閃光。遠處，孩子們坐在河灘上玩耍拐，白悶兒低著頭在一邊吃草。四隻羊拐被她們靈巧的手撒在地上，又抓在手裡拋起來，在半空裡接住……撒開來，又拋起來……撒開來，又拋起來……歡快的笑聲就在寬敞的河面上遠遠傳開。

秋天的清沙河、濁沙河從層巒疊嶂、壁立千仞的太行山上湍急、忘我地奔流而下，在天石腳下匯合在一起，又坦蕩、開闊地流向天邊，靜穆的河水在蒼涼的原野上蜿蜒曲折，像一條沒有盡頭的通天大道。

眼看衣服洗完了，要往木盆裡裝的時候，張王氏漫不經心地擋住杜兒他娘遞過來的衣服，自己盤腿坐在木盆裡笑起來，

「杜兒他娘，你看看，這木盆倒是真合適！我坐在裡頭剛剛好！」

杜兒他娘有點詫異地看著張王氏，「嫂……你這是要幹嘛呀？」

張王氏用手裡的棒槌當船蒿，插進清冽的河水中用力一推，盆底就在河床的鵝卵石上摩擦出悶重的響聲來。她抬起頭來問，

「杜兒他娘，你說這個木盆它能當船使喚嗎？」

杜兒他娘又看見了張王氏眼睛裡炯炯的目光，杜兒他娘驚駭地大張著嘴，「嫂……嫂……你可別嚇我呀嫂……」

張王氏又用力推了一把，大木盆果然像只小船一樣在河水中漂了起來，張王氏淡然一笑，碧綠的河水漂浮著木盆，就像漂著一尊打坐蓮花的菩薩。一轉眼木盆就流向了河心。

杜兒他娘驚叫起來，「嫂，嫂，你可不能走呀！你這是要去哪兒呀你！你把家撇下，你把孩子也撇下，你這是要去哪兒呀？嫂……回來吧嫂……我求求你啦嫂……」

張王氏還是滿臉淡然的微笑，「杜兒他娘，這麼長的天母河還能沒有個好地方？我哪兒也不去，我就是想找個清清靜靜不熬心的地方，我就是想找個清清靜靜沒有人的地方，眼前這個世界留不住我，眼前這個世界不是我待的地方……」

杜兒他娘猛然雙膝跪落在河邊的清水裡，絕望地對著遠去的身影哭喊，「娘娘……娘娘……你要是真找著那個好地方，你可記著回來呀，回來領我們跟你一塊堆兒去那個清清靜

靜沒有人不熬心的好地方……」

哭喊聲中，張王氏飄然遠逝，淡然微笑的臉漸漸模糊起來……

遠處玩耍的孩子們被驚動了，她們無比驚訝地站起來，白悶兒也被驚動得抬起頭來，孩子們一時沒明白眼前發生了什麼，只看見爽朗的秋陽下，收穫過的大平原空曠，荒遠，安祥，寧靜……寬闊清澈的天母河穩穩地流淌著。孩子們遠遠看見一個人坐在水面上流向天邊。

二〇一〇年十月十八日——二〇一一年四月五日，清明節，

草畢於北京——太原，四月八日增改，九月二日改定。

附錄一

「起初上帝創造天地。地是空虛混沌，淵面黑暗，上帝的靈運行在水面上。上帝說，要有光，就有了光。上帝看光是好的，就把光暗分開了。上帝稱光為晝，稱暗為夜，有晚上，有早晨，這是頭一日。……天地萬物都造齊了。到第七日，上帝造物的工已經完畢，就在第七日歇了祂一切的工，安息了。上帝賜福給第七日，定為聖日，因為在這日上帝歇了祂一切創造的工，就安息了。」

——《舊約全書．創世紀》

「往古之時，四極廢，九州裂；天不兼覆，地不周載；火爁炎而不滅，水浩洋而不息；猛獸食顓民，鷙鳥攫老弱。於是女媧煉五色石以補蒼天，斷鼇足以立四極，殺黑龍以濟冀州，積蘆灰以止淫水。蒼天補，四極正，淫水固，冀州平，狡蟲死，顓民生，背方州，抱圓天。和春陽夏，殺秋約冬，枕方寢繩。」

——《淮南子．覽冥篇》

「俗說天地開闢，未有人民。女媧摶黃土作人，劇務，力不暇供，乃引繩於絙泥中，舉以為人。故富貴者，黃土人也；貧賤凡庸者，絙人也。」

——《太平御覽》卷七八引《風俗通》

附錄二

「你們知道，你們面對一個狡猾的，勇敢的，武備良好的和殘忍的敵人。假如你們遇到他，記住：不要同情他，不要接收戰俘。你們要勇敢地作戰，讓中國人一千年後也不敢窺視德國人。」

——引自德國皇帝威廉二世，一九〇〇年七月二日發布的命令。

「武城、鄆城和平陰的天主教傳教團都用現代化的連發步槍武裝起來。十月末（指光緒二十五年，一八九九年十月），法國公使告訴平原教徒『出擊大刀會』。正是這類行動引起了張莊的大衝突。」

——《義和團運動的起源》，二六一頁。作者：周錫瑞，Joseph W.Esherik，聖地牙哥加州大學歷史系教授，張俊義、王棟翻譯，江蘇人民出版社，二〇〇五年，第五次印刷。

「昨晚，我們的四位傳教士幹了一件勇敢的事。（J.H）盈亨利博士、（牧師E.G）都春圃先生、（牧師C.E）尤英先生和（約翰）英革里斯博士帶著溫徹斯特步槍去了我們附近通向南城的城門，強行索要城門鑰匙。因為害怕步槍，守門人交出了鑰匙。他們接著把門關上且上了鎖，並把鑰匙帶回家過夜。要是在平時此舉將是極為非法的，但是這部分城市現在被軍管了。政府徹底癱瘓了，任何看上去是自保的行動都被許可。」

——《一九〇〇年：西方人的敘述》，一八六頁。「美國傳教士瑪麗．E．安德魯斯的日記」，弗雷德里克．A．沙夫、彼得．哈林著，顧明翻譯，天津人民出版社，二〇一〇年一月。

「七月十四日，天津的中國人城內屍橫遍地。人們被殺時姿勢各異。在一座房子裡有三具屍體擁擠在一個角落裡，一個靠著一個，面容幾近安詳。一張桌子被掀翻，蓋在他們上面……衣服上濺滿了血，在死屍上、牆上、地面上，到處都是成群的蒼蠅，簡直就是在吃掉腐肉並把它們白色的小蟲般的卵產在可怕的眼睛中和這些駭人的臉上腫起的嘴唇之間，這些臉因為苦味酸組成的烈性炸藥而變成紫色和綠色。」

「但可怕的還是那些活著的傷殘者。就在城門中坐著一個怪物。他的腰部以下赤裸著，左臂在肘以上被砍下一塊直至骨頭，傷口上滿是凝血。他的骨盆被擊碎了，右大腿被碾成了一堆肉醬，鬆散著，小腿幾乎是憑藉著一些漿狀的肉和血淋淋的曾是他衣裳的破布才得以掛在身上。他坐在那兒，面帶愚笨的微笑看著來來往往的人們穿過燃燒著的街道，有時抬起他的胳膊作出請求的姿勢。要是憐憫，真該殺了他，但部隊看到過像他這樣的自己人，他們心中沒有憐憫。兩個小時之後我回來了，他還在那兒。當我第三次路過時，街溝裡只有血和大群大群的蒼蠅了……」

——同上，一四七頁。美國隨軍記者，西德尼．愛德姆森的敘述。

「我認為對於北京的搶劫是與義和團運動有關的最使人驚奇的最無恥行為。但是這一行為不僅限於任何一群個人或是任何國籍，也不僅限於男人們。我被最權威人士告知搶劫是由女人們發起的。在英國公使館大門被衝開以迎接聯軍才五分鐘，兩名在英國公使館避難的法國婦女就衝出大門……十分鐘後她們回來了，抱著滿滿的絲綢、刺繡、皮貨和玉石，臉上露出了勝利的微笑……當考慮到他們的軍官和公使館高官為普通士兵樹立的榜樣後，他們的搶劫也就不足為奇了。據說取得最佳搶劫成果的是賓納樂夫人，英國公使的妻子所擁有，其次要屬美國公使館一祕司快爾先生了。我個人看到賓納樂夫人的一部分成果，我敢說要是有比那還好的，就是我到的時候沒在那裡。她那時有八十七個裝滿了最值錢珍寶的大木製裝貨箱，我親自聽到她說她『還沒開始打包呢』……日軍和俄軍得到了被搶的大部分金銀。日軍在一天中就從戶部移走了價值一千三百萬美元的銀子。但是我們自己的部隊在搶劫中也不甘人後。」

——同上，二五七頁。美國隨軍記者賈珀·懷亭的記述。

附錄三

「朕今涕泣以告先廟，慷慨以誓師徒，與其苟且圖存，貽羞萬古，孰若大張撻伐，一決雄雌。……彼仗詐謀，我恃天理，彼憑悍力，我恃人心。無論我國忠信甲冑，禮義干櫓，人人敢死，即土地廣有二十餘省，人民多至四百餘兆，何難剪彼凶焰，張我國威。」

——清光緒皇帝，一九〇〇年六月二十一日的宣戰「詔書」，引自《義和團研究》，八一頁。戴玄之著，臺灣政治大學教授，一九二二—一九九〇，北京大學出版社，二〇一〇年九月第一版。

「由於教士教民的凌欺壓榨，而地方官一味崇教抑民，以致受害人民控告無門，伸冤無處，忍無可忍，相繼入團。加以天災嚴重，拳民認為係洋人傳習邪教，不信神靈，觸怒上天所致，其痛苦、災害全由洋人引起，於是紛紛報復，到處焚燒教堂及教民房屋，稱外人為大毛子，教民為二毛子，間接與洋人有關者謂之三毛子。此外尚有四毛、五毛乃至十毛等名目。凡屬毛子必殺無赦，棄屍道旁，無人敢為掩埋，竟為豬犬所食。平民被誣為奉教之人，到壇焚表不起，覓保不得，而被冤死者甚多。其殺人備極殘酷，銼舂，燒磨，活埋，砲烹，肢解，腰斬，無所不為。甚至有將教民婦女『挖坑倒栽填土，而裸其下體，入一蠟燭，取火燃之，以為笑樂』者。拳民視奉教之人，如殺父仇深，必殺之而後快……

拳民焚教堂、殺教士教民、拆鐵路、毀電線，並未能平息其多年積憤，遷怒所及，痛恨洋物，犯者必無生理。除吸菸紙、戴眼鏡、拿洋傘、穿洋襪之類處以極刑外，曾有學生六人，隨帶鉛筆一枝，洋紙一張，皆死非命。更有一家因洋火（火柴）一枚，而八口同戮。」

——同上，第七〇、七一頁。

「在直隸（河北）由於總督裕祿和臬司廷雍的支持，義和團遍及全省，該省大批天主教徒突然面臨死亡的威脅，紛紛在天主教徒集聚的村莊築堡壘頑抗。七月二十日陳澤霖率領的清軍攻破景州朱家河村，聚集在該村的三千多天主教徒與兩神父，不分男女老幼，盡戮。是一九〇〇年一次性死亡人數最多的屠殺事件。」

——引自「百度百科・義和團運動」詞條。

特別說明

首先要說明的是，中國的天主教在許多有關的《聖經》人名、地名和有關的祈禱用語上，都有自己不同於新教的專門用語。這給我帶來一個難題，如果完全依照天主教的習慣用語，會給一般讀者帶來閱讀上的明顯障礙，可如果完全不用天主教用語，又會喪失真實性。權衡利弊，我只好採用現在的方式：一部分保留天主教的用語，以便留下辨別的資訊，一部分使用最為通用的習慣用語，以方便讀者。一切都是為了閱讀方便考慮，這中間並無輕重對錯的差別和故意的混淆。

其次，小說中寫到的聶提督戰死沙場的情節，是依據晚清著名將領聶士成的真實經歷而寫，在砲火中連換四匹戰馬巋然不動的勇氣，和那句擲地有聲的「此吾致命之所也，逾此一步非丈夫也！」，都是史料所載，並非我的虛構。特此說明。

國家圖書館出版品預行編目資料

張馬丁的第八天/李銳作. -- 二版. -- 臺北市 : 麥田出版 : 英屬蓋曼群島商家庭傳媒股份有限公司城邦分公司發行, 2022.03
面； 公分. -- (李銳作品集 ; 5)

ISBN 978-626-310-170-8(平裝)

857.7 110021604

李銳作品集 5

張馬丁的第八天

作　　者　李　銳
責任編輯　林秀梅　賴雯琪（一版）　陳淑怡（二版）
校　　對　洪禎璐　莊文松

版　　權　吳玲緯
行　　銷　何維民　吳宇軒　陳欣岑　林欣平
業　　務　李再星　陳紫晴　陳美燕　葉晉源
副總編輯　林秀梅
編輯總監　劉麗真
總 經 理　陳逸瑛
發 行 人　涂玉雲
出　　版　麥田出版
城邦文化事業股份有限公司
104台北市中山區民生東路二段141號5樓
電話：（886）2-2500-7696　傳真：（886）2-2500-1967
發　　行　英屬蓋曼群島商家庭傳媒股份有限公司城邦分公司
104台北市民生東路二段141號11樓
書虫客服服務專線：(886)2-2500-7718、2500-7719
24小時傳真服務：(886)2-2500-1990、2500-1991
服務時間：週一至週五09:30-12:00．13:30-17:00
郵撥帳號：19863813　戶名：書虫股份有限公司
讀者服務信箱E-mail：service@readingclub.com.tw
麥田部落格：http://ryefield.pixnet.net/blog
麥田出版Facebook：https://www.facebook.com/RyeField.Cite/

香港發行所　城邦（香港）出版集團有限公司
香港灣仔駱克道193號東超商業中心1樓
電話：(852) 2508-6231　傳真：(852) 2578-9337

馬新發行所　城邦（馬新）出版集團【Cite(M) Sdn. Bhd.】
41-3, Jalan Radin Anum, Bandar Baru Sri Petaling,
57000 Kuala Lumpur, Malaysia.
電話：(603)9056-3833　傳真：(603)9057-6622
E-mail：cite@cite.com.my

設　　計　莊謹銘
排　　版　宸遠彩藝有限公司
印　　刷　前進彩藝有限公司

初版一刷　2012年01月
二版一刷　2022年03月

定價／399元
ISBN：9786263101708
9786263101982（EPUB）

城邦讀書花園
www.cite.com.tw